Impressum

TWENTYSIX – Der Self-Publishing-Verlag
Eine Kooperation zwischen der Verlagsgruppe
Random House und Books Demand

©2020 Ingrid Seemann

Herstellung und Verlag: BoD – Books on
Demand, Norderstedt

ISBN: 9783740771102
ISBN E-Book 9783740751418

Cover: Deposit Stockphotos – created by fiverr

Dieses Buch enthält explizite Sex Szenen. Daher
ist es nur für Leser ab 18 Jahren geeignet!

Die erfolgreiche Geschichte von
Noah, alias Jack und Sarah
jetzt als Buch!

Die Ehre des Rockers

Tanz für mich, Süße!

Erotischer Roman

Teil 1

Die Ehre des Rockers

Sarah und ihre beste Freundin suchen eine neue Location auf und landen inmitten eines Rockerclubs. Sarah lernt Jack kennen. Sie ist fasziniert von ihm und lässt sich auf ihn ein. Alles geht gut, bis sie mit einem anderen Rocker, aus einem anderen Club, tanzt – ein fataler Fehler! Jack fühlt sich in seiner Ehre gekränkt und zieht beide zur Verantwortung. Jack landet vor Gericht. Jack will nicht ins Gefängnis. Sarah erwartet bereits ein Kind von ihm!

Freundinnen

Sarah

Endlich! Die letzte der endlos langweiligen Vorlesungen von heute geht zu Ende. Ich packe hastig meinen Laptop und meine Bücher zusammen und laufe eilig aus dem Vorlesesaal hinaus. Ich treffe meine Freundin Julie vor dem Haupteingang unserer Universität und wir eilen zur Straßenbahn. Wir wollen heute eine neue Location aufsuchen, von der Julie gehört hat. „Wir treffen uns später!" „Natürlich! Ich freue mich schon riesig!"

Gestern in der Straßenbahn hat Julie so nebenbei vorgeschlagen: „Du Sarah, da gibt es einen Treffpunkt in der Stadt – Insidertipp. Papa hat gesagt, dass wir da auch einmal hinschauen könnten. Hast du Lust?" „Ja machen wir. Jetzt gleich?", ich bin immer für alles zu haben.

Wir sind keine notorischen Nachtschwärmer. Unsere bevorzugten Freizeitaktivitäten beschränken sich auf Stadtbummel, Cafés oder wir fahren bei Schlechtwetter mit der Straßenbahn quer durch die Stadt. Hin und wieder gehen wir nachts in einen Club um die Sau raus zu lassen. Aber die Location ‚Together' kennen wir noch nicht. Der Tipp kommt von Julies Papa, der Kriminalbeamter beim Drogendezernat ist. Also wird die Location ja in Ordnung sein, nicht wahr? Dachten wir...

Vorerst heißt es nach Hause zu fahren. Meine Familie wartet schon mit dem Essen auf mich. Wir essen jeden Tag gemeinsam, wenn es die Zeit zulässt. Es ist etwas Besonderes, weil wir uns gegenseitig die Tageserlebnisse erzählen und zusammen lachen.

Sogar mein Papa ist heute früher als sonst da. „Hi Mama, hi Papa!" Ich drücke beiden einen Schmatz auf ihre Wangen und winke meiner

Schwester Silvia zu, die gerade aus ihrem Zimmer kommt.

„Hey, Julie und ich gehen heute ins ‚Together'. Die Location hat uns ihr Papa empfohlen. Kennst du sie Silvia?" Sie schüttelt den Kopf. „Wie auch immer, wir gehen heute dahin. Ich erzähle es euch morgen, wie es war."

„Wann kommst du wieder nach Hause, Sarah?" „Ach Papa! Du kennst mich doch! Es wird sicher nicht spät werden!" Ich verdrehe die Augen. Papa fragt schon aus Gewohnheit, wann ich oder Silvia nach Hause kommen. Es geht mir irgendwie auf die Nerven. Mama legt Papa die Hand in seine und lächelt ihn an. Er schüttelt resigniert den Kopf. Er hat schon längst gegen die Frauenpower zu Hause aufgegeben. Silvia und ich haben Mama auf unsrer Seite. Er ist zwar ein brillanter Anwalt, aber zu Hause hat er keine Chance gegen uns!

Nach dem Essen gehe ich duschen und ziehe mich für den Abend an. Nichts Außergewöhnliches. Eine blaue Jeans, ein Top mit etwas Glitzer und Sneakers. Make Up trage ich sehr dezent auf. Meine Augen betone ich mit etwas Farbe und tusche meine Wimpern schwarz – fertig. Julie meinte, dass es kein abgehobenes Lokal sein soll. Also total relaxt…

Club 'Together'

Sarah

Jetzt ist es soweit! Wir gehen zu diesem Insidertipp! Bin mal gespannt. Julie kennt diese Location auch noch nicht. Bald stehen wir vor einem alten blaugestrichenen Haus, etwas abseits von der Straße gelegen. Nichts Auffälliges.

Drei Stufen führen zum Eingang hinauf. Das Schild über dem Eingangstor scheint relativ frisch zu sein. Ein Hinweis, dass wir richtig sind – ‚Together'. Die Adresse stimmt.

"Gehen wir hinein?" Julie ist unschlüssig wie ich. Die heruntergekommene Fassade vor uns wirkt nicht sehr einladend. Wir stehen in einer schmalen, abgelegenen Straße mit hoch aufragenden alten Häusern links und rechts. Ziemlich einsam und düster diese Gegend.

Vorsichtig schauen wir uns um. Niemand ist hier zu sehen. Schon gruselig....

"Hi, wo wollt ihr geilen Mädels hin?" Ich zucke zusammen. Hinter uns stehen plötzlich zwei Typen…scheinbar entsprungen aus der Hölle. Der eine hat raspel kurze Haare und ist gekleidet wie ein Obdachloser. Cargo Hosen, die schon lange in eine Waschmaschine gehören. Ein schwarzes T-Shirt, das ausgeprägte Brustmuskeln erkennen lassen und eine schwarze Lederjacke mit einer ärmellosen Jeansjacke darüber. Der andere ist glatzköpfig mit einem Tattoo darauf und ähnlich gekleidet wie der andere. Sie sind beide riesengroß, muskulös und wirken ziemlich bedrohlich auf uns! Im Ernstfall könnten wir ihnen nichts entgegensetzen. Wir sind machtlos. Julie und ich sehen uns etwas unsicher an. Was passiert jetzt mit uns...

„Los, packen wir es!" Ich spreche uns Mut zu. Also gehe ich voraus und öffne die Tür. Es ist der einzig freie Weg der möglich ist. Aber ich habe auch das Gefühl, dass wir dadurch in die Enge getrieben werden. Die Männer sind uns dicht auf den Fersen.

Wir betreten einen Vorraum…ein kahler und ungemütlicher Raum. Die Wände sind schmutzig weiß, als würden sie schon Jahre nicht mehr nachgestrichen worden sein. Die Farbe blättert an vielen Stellen großflächig ab. Hier und da sind Plakate, vorwiegend mit bekannten Hardrock Bands, mit Dixoband angeklebt. Am Boden liegen schwarze und schmutzig gelbe Sitzsäcke verteilt. Es sind verstaubte und mit unbestimmten farbigen Flecken verdreckte Dinge, die man am besten vermeidet. Igitt… Umgedrehte Getränkekisten mit gebrauchten Gläsern und geöffneten halbleeren und leeren Flaschen sind zwischen den Sitzsäcken aufgestellt. Hier sieht es aus, wie nach einer Party, die noch nicht aufgeräumt wurde...

Es sieht alles andere als einladend aus. „Sind wir da richtig?!", skeptisch drehe ich mich zu Julie um. „Ja, denke schon. Das Schild draußen hat den Namen ‚Together'. So heißt der Club, hat Papa gesagt." Julie ist genauso unsicher wie ich.

"Wollt ihr jetzt da rein, oder nicht?" Ich zucke zusammen und drehe mich nach den Männern um. "Wo...hin?", frage ich stotternd. Der Glatzkopf nickt mit seinem Kopf ungeduldig zu einer Treppe. Julie zieht mich schnellstens weiter. Seufz. Ob das so eine gute Idee war hierher zu kommen? Mir kommen erste Zweifel...

Es ist sonst keine Menschenseele zu sehen. Aber wir hören von irgendwoher Musik, also gehen wir die Treppe hoch. Wir kommen an eine geschlossene Holztür und wollen schon anklopfen. Ich hebe gerade meine Hand, zu einer Faust geformt, in die Höhe, als die Tür in diesem Moment aufgerissen wird.

Das Mädchen schreckt zurück. Sie schaut auf meine geballte Hand. Sofort lasse ich sie sinken. „Hi. Wir wollen hier hinein.", sage ich schnell, um das Mädchen zu beruhigen. Das Mädchen nickt und reißt die Tür ganz auf und poltert an uns vorbei, die Treppen hinunter.

Eigenartiges Verhalten. Keinen Mucks hat sie von sich gegeben. Kein Hallo. Ihr Aussehen ist auch irgendwie nicht normal. Wir sind so einen Aufzug nicht gewohnt. Alles an dem Mädchen ist schwarz gewesen, sie hatte einige Piercings im Gesicht und Tattoos am Hals und an den Armen.

Na ja…

Julie und ich schauen uns an und zucken mit der Schulter. Dann gehen wir hinein, dicht gefolgt von den großen Mannsbildern. Hier hat es irgendwie Wirtshaus Charakter, aber auch irgendwie schmuddelig hier. Die Wände sind ebenso in einem schmutzigen Weiß. Ein Maler wäre hier wirklich richtig von Nöten! Einige wenige Plakate mit bekannten Bands wie Kiss, Nazareth oder Metallica zieren die grauen Flächen. Die Möbel sind aus dunklem Holz. Eine Theke am anderen Ende des Raumes dominiert den Raum mit seiner Größe.

Der Laden ist voll mit Leuten. Viele Jungs und Mädchen sitzen rund um die Tische. Kein Tisch ist frei. Es ist laut. Es wird gelacht und herum gealbert. Ich habe das Gefühl, dass die Leute sich zum Teil über den ganzen Raum zuschreien. „Was machen wir jetzt?" „Wir setzen uns einfach irgendwo dazu!", flüstere ich Julie zu. Sie nickt und wir nehmen all unseren Mut zusammen und fragen höflich an der Ecke eines Tisches, ob da noch frei ist.

Wir haben Glück und die Leute rücken schweigend zusammen. Natürlich werden wir angeglotzt. Wir sind neu. Wir haben das Gefühl, dass sich hier alle kennen. „Bekommt man hier etwas zu trinken?", wage ich den Mann neben mir anzusprechen. „Müsst euch dort an der Bar selber holen.", dabei zuckt sein Kopf in Richtung der Theke am anderen Ende des Raumes.

„Okay!" Wir springen auf, gehen zur Bar und holen uns zwei Cola. Es gibt nicht sehr viel Auswahl an Getränken und die Preise sind nicht sehr hoch. Das gibt schon einen Pluspunkt!

„Wie heißt du?", werde ich gleich einmal gefragt. „Sarah." „Du?" „Julie." Wir sehen unsere Tischgruppe an. Die Männer sehen älter aus, als sie wahrscheinlich sind. Die Kleidung besteht aus Jeans und Lederjacken mit ärmellosen Jeans Jacken darüber. Sie sind, soweit man es erkennen kann, an ihren Armen, Hals und teils an ihren Köpfen tätowiert. Manche haben lange Haare und tragen Bart. Ein ungewohnter Anblick für uns zwei. Unheimlich...

Nicht die Art von Jungs, die wir aus unserer sozialen Umgebung gewohnt sind.

Die Mädchen sehen so düster aus, wie das Mädchen auf der Treppe von vorhin. Teils wirken sie schlampig auf uns. Grell gefärbte Haare stehen gewollt in alle Richtungen – igelig, zottelig. Vielleicht haben sie es nicht so mit Friseur? Die Klamotten sind schwarz wie die Nacht. Lederjacken, Lederhosen, geschnürte schwarze Lederstiefel…

Wir müssen ja auffallen! Julie und ich sind farbenfrohe Typen, was die Kleidung betrifft - wie die Paradiesvögel...

Etwas unwohl fühle ich mich jetzt schon. Aber wir wollen abwarten. Ich habe das Gefühl, dass uns alle begutachten. Nicht feindselig. Eher abwartend. „Was macht ihr denn hier?", all meinen Mut zusammen nehmend, frage meinen Sitznachbarn. „Wir sitzen hier und trinken…wir reden." „Aha. Sonst nichts? Das klingt ja langweilig!", stelle ich etwas zu vorlaut fest. „Na ja, wir können ja hinausgehen. Nur wir zwei. Wie wär's?", erwidert er frech und schaut mich frontal abwartend an. Ich sehe ihm in die Augen. Blaue, durchdringende Augen. Woah...

Ich verliere mich in ihnen. „Was sollen wir da draußen?", frage ich ihn total abgelenkt von dem Blau. Er grinst. Ich habe es noch nicht geschnallt, was er meint. Julie gibt mir unter dem Tisch einen Hieb auf mein Schienbein. „Au…!" Ich löse mich von den blauen Augen und schaue irritiert auf meine Freundin. Sie schüttelt den Kopf. Sie ist nicht so naiv wie ich! Erst jetzt dämmert es mir, was er gemeint haben könnte. Mir wird siedend heiß und mein Gesicht muss rot sein wie eine Tomate! So ein direktes Angebot ist mir noch nicht untergekommen. Ich winde mich. Ich weiß nicht mehr, was ich dazu sagen soll und schweige erstmals.

Jack

Mann, das Mädchen ist ein geiler Käfer! Etwas schüchtern. Aber süß! Ich habe den wortlosen Blickkontakt mit ihrer Freundin bemerkt. Sarah hat sofort auf Julies Warnung reagiert und ist rot geworden…hübsch, sehr hübsch. Aber ihre Freundin ist nicht zu unterschätzen. Sie hat meine Anmache als solche sofort erkannt. Mein Jagdinstinkt ist eröffnet…

Jetzt grinse ich meine süße Nachbarin an. Ob ich ihr den Arm über die Schultern legen kann? Ich probiere es einfach mal. Sie wehrt sich. „Hey nicht so schnell! Ich kenne dich ja noch nicht!" Ich lasse sofort los. Mann, die ist total verklemmt! „Ist ja schon gut! Beruhige dich wieder!" Ich werde sie erst einmal ignorieren. Aus Erfahrung weiß ich, dass Frauen dann beleidigt sind und hoffen, doch noch Aufmerksamkeit zu erhaschen.

Also drehe ich mich wieder um: „Charlie, was machen wir heute?" Grinsend sieht er um mich herum und weiß ganz genau, was ich vorhabe. Ich beobachte sie aus den Augenwinkel. Sie lehnt sich zurück und sagt einmal gar nichts. „Wir könnten heute zum Stützpunkt fahren. Ich muss mein Motorrad checken und aufpolieren! Timo hat dasselbe vor! Seine Bremsen quietschen!" Geistesabwesend nicke ich. Ich habe nichts Besseres vor. Vorerst…

Ich merke, dass das Mädchen neben mir die Arme verschränkt hat und den Kopf leicht nach unten geneigt, dasitzt. Hin und wieder bläst sie die Backen auf und lässt leise zischend die Luft wieder zwischen ihren Lippen entweichen. Ein sicheres Zeichen, dass sie sich langweilt! Na also. Aber ich lasse sie noch etwas zappeln. Ich wende mich absichtlich an das andere Mädchen: „Hey, Julie! Wo kommt ihr her?" „Na von hier!" „Seid ihr aus der Stadt?" „Ja!" Sehr knapp die Antworten. Da bekomme ich nicht viel heraus.

Die ist etwas abgebrühter. Nicht so wie ihre Freundin. Ob ich es jetzt noch einmal probieren kann? Ich wende mich meiner süßen Nachbarin zu. „Hey mach nicht so ein böses Gesicht!", flüstere ich direkt in ihr Ohr und lasse ganz leicht meine Zungenspitze über ihr Ohrläppchen streichen. Sie zuckt gewaltig zusammen. Sie zieht verschreckt ihren Kopf ein und die Schulter nach oben. Sie versucht mir auszuweichen. Weit kommt sie nicht. Sie ist auf der anderen Seite von Timo eingekeilt. Ihre Hautfarbe im Gesicht und Hals ist wieder rot angelaufen. Echt scharf die Kleine…

„Äh…lass das!" Sie greift mir ungewollt auf den Schenkel und will mich wegstoßen. Ihre Kraft ist lächerlich. Aber die Wirkung auf mich ist fatal. Mein Schwanz juckt mich schon die ganze Zeit. Aber jetzt ist meine Schmerzgrenze erreicht. Ich fange ihre Hand ein und ziehe sie an meine Beule. Sie ist noch röter angelaufen. Kleine Schweißperlen stehen auf ihrer Stirn. Sie will ihre

Hand zurückreißen. Ich lasse sie nicht. Ich reibe ihre Hand auf meinem schmerzhaft eingezwängten Penis. Sie schaut sich ängstlich um. Keiner beobachtet uns…glaubt sie. Ich grinse Charlie an, der uns neugierig feixend beobachtet.

Ich küsse sie auf ihre heiße Wange. Ihre Röte kann nicht mehr tiefer werden. Es ist ihr peinlich. Ich denke, ich werde sie befreien. Ich muss mich erleichtern! Ich halte das nicht mehr lange aus. „Gehst du mit mir hinaus?", versuche ich es erneut. Ich lasse ihre Hand etwas lockerer. Sofort reißt sie sich frei. Das war Antwort genug.

Ich sehe mich um. Vielleicht finde ich auf die Schnelle ein anderes, willigeres Mädchen.

Gefühlschaos

Sarah

Ich bin verwirrt. Mit einem Blick, zeige ich Julie, dass wir gehen müssen. Ich halte das nicht mehr länger aus! Dieser Mann neben mir ist mir zu gefährlich. Sie versteht meinen Wink und erhebt sich: „Wir müssen jetzt los. War nett, euch kennen zu lernen!" „Kommt ihr wieder?", wieder der Mann neben mir. Wir zucken die Achseln und verziehen uns schleunigst. Puh!

„Was war das denn?", fragen wir uns gleichzeitig. „Sind wir in einem Obdachlosenheim gelandet, oder was? Was hat dein Papa gesagt, was das ist?", fassungslos wende ich mich an Julie. „Papa sagt, das sei ein angesagter Club. Wie es aussieht…ein Hardrock Club…geschaffen für Rocker."

„Rocker?" Ich bin total ahnungslos! Ich bekomme keine Antwort. Julie und ich gehen schweigend weiter bis zur nächsten Straßenbahnhaltestelle. „Du Sarah, hast du den Typen gegenüber von dir gesehen? Der auf der anderen Seite. Ich glaube, dass sie ihn Charlie genannt haben! Der war echt süß!" Ich sehe Julie an, als ob sie nicht alle Tassen im Schrank hätte. „Ich habe nichts Süßes gesehen!" „Ich schon! Gehen wir noch einmal hin? Morgen? Bitteee!!!", Julie meint es ernst!

Ich habe mich tatsächlich breitschlagen lassen. Am nächsten Tag stehen wir wieder vor dem Tor des ‚Together'! Jetzt gehen wir schon selbstbewusster hinauf und setzen uns mit unserem Getränk einfach wohin. Ohne Aufhebens rücken alle zusammen. „Hi!" „Hi!"

„Freut mich, dass ich dich heute wieder sehe!" Der Typ von gestern wieder! Ich habe ihn fast nicht mehr erkannt. Abgesehen davon, dass ich Menschen, nach einmal sehen, mir meist sowieso nicht merken kann. Die blauen Augen, die mich jetzt belustigt ansehen, erkenne ich aber schon wieder! Ich lasse meinen Blick unauffällig über ihn schweifen. Er hat für meinen Geschmack etwas zu langes und dunkelblondes Haar – offen bis zu den Schultern. Seine Statur ist muskulös. Die Armmuskeln straffen den Jeansstoff. Seinen ausgeprägten Brustmuskel kann ich unter seiner geöffneten Jeansjacke nur erahnen. Seine Oberschenkelmuskulatur habe ich gestern schon unter meinen Fingern gespürt. Diese Erinnerung treibt mir jetzt noch die Schamröte ins Gesicht. Ich denke, dass er groß ist, weil er zu mir hinunterschaut. Ich blicke auf. Er grinst. Er hat meine Musterung beobachtet. Jetzt nimmt er meine Hand in seine und zieht sie wieder an die Oberschenkel, in die Nähe von seinem Schritt. Ich kann mich ihm nicht entziehen. Er ist zu stark. Seine Augen halten mich erneut gefangen.

„Ja, meine Freundin wollte unbedingt noch einmal vorbeischauen.", schiebe ich ab. „Aha.

Und du?" „Ich?! Ich weiß nicht, was ich von dem da halten soll." Ich mache eine allumfassende Bewegung mit meiner freien Hand. „Wieso, was ist damit?" Ratlos schaut er mich an. Er sitzt immer noch lächelnd da und amüsiert sich im Stillen auf meine Kosten! So sieht es für mich aus. „Na ja, schau uns an und schaut euch an. Da ist ein himmelhoher Unterschied." „Seid ihr was Besseres? Willst du das sagen?" Oje! Wie komme ich da wieder aus dem Fettnäpfchen raus? „Nein, denke nicht. Sonst wären wir nicht da. Oder?", hake ich mit hochgezogenen Augenbrauen nach.

Er sieht mir noch immer in die Augen. Diese blauen Augen... Ich starre zurück. Sie faszinieren mich. Ein dunkles Blau, das plötzlich näher kommt. Ich zucke zurück. Er küsst mich! Ich hebe die Hände und drücke ihn, mit meinen Händen auf seiner Brust, zurück. „Äh... nicht so schnell!", stottere ich. Meine Hände sind noch immer auf seinem Brustmuskel. Hart, geformt. Ich spüre sogar seinen Herzschlag. Nicht allzu schnell, aber auch nicht langsam.

Abgelenkt durch seine Augen, sind meine Hände immer noch da, wo sie sind. Er greift nach ihnen und lenkt sie nach unten. Ich erstarre und reiße sie weg. Verlegen wende ich mich ab und lege meine Ellbogen auf den Tisch und verschränke fest meine Arme. Er lacht leise und küsst mich schnell auf meine Halsbeuge. Mir ist schwindlig von diesem Ansturm. Gänsehaut überzieht meinen Körper. Ein leichtes Zittern lässt meinen Körper erbeben. Ich weiß nicht, wie ich reagieren soll und fühle mich hilflos. Ich habe noch nie mit einem Jungen herumgemacht, geschweige denn, mit einem erfahrenen Mann!

„Es gefällt dir!", flüstert er mir ins Ohr. Der Hauch seines heißen Atems lässt mich erschaudern. Ich fühle mich verschreckt und verwirrt. Es ängstigt mich. Mit so einer Situation kann ich nicht umgehen. Ich muss das überdenken. Ich will hier weg. Ich halte nach Julie Ausschau. Sie unterhält sich mit dem „süßen" Typen. Sie schäkert mit ihm. Okay. Ich gebe ihr noch einige Minuten. Aber dann muss ich hinaus!

„Gehst du mit mir hinaus?", der Typ neben mir lässt anscheinend nicht locker. Ich blicke ihm schweigend ins Gesicht. Dass ich jetzt schon vor Verlegenheit und vor Scham wieder einmal rot bin, brauche ich nicht zu erwähnen. „Nein!" Ich kenne nicht einmal seinen Namen. So schnell bin ich nicht. Ich muss aufs Klo!

„Ich muss mal!", fluchtartig verlasse ich den Tisch und renne überstürzt bei der Tür hinaus. Auf der Toilette bleibe ich länger als normal sitzen. Meine Hände umfassen mein Gesicht, um es abzukühlen! Ich muss wieder runterkommen! Die Situation ist irritierend für mich! Himmel! Was mache ich jetzt? Aber irgendwann muss ich wieder auf den Gang. Vorsichtig linse ich bei der Tür hinaus. Die Luft ist rein. Ich gehe um die nächste Ecke und da steht er, an die Wand gelehnt und lächelt mich an. Ich werde jetzt nicht kopflos vorbeilaufen! Ruhig bleiben ist meine Devise. Ich gehe scheinbar gelassen weiter und werde lässig an ihm vorbeigehen.

„Hallo nicht so schnell, Süße!" Geschwind schnappt er mich um die Taille, wirbelt mich herum und hält mich mit seinen starken Armen umschlungen. Meine Nase stößt an seine Muskeln. Schnuppernd ziehe ich seinen Geruch in mich hinein. Dieses berauschende Elixier macht mich ganz wirr im Kopf! Was mache ich nur? Vorsichtig linse ich nach oben. Sein Brustkorb vibriert vor meinem Gesicht. Lacht er mich etwa aus?! Ich versuche mich aus dieser Umarmung zu lösen. Aber er lässt nicht locker.

Jack

Jetzt habe ich sie! Sie wehrt sich. Aber ihre Abwehr ist lächerlich schwach. Ich fühle, dass sie kapituliert. Ich halte sie gefangen in meinen Armen. Es gefällt mir. Ihr Duft nach Vanille und Äpfeln ist berauschend. Sie sieht so unschuldig aus. Sie törnt mich mächtig an. Sie hat ihre Hände auf meinem Brustkorb liegen und tastet meine Muskeln ab. Mann, ist die geil. Mein Schwanz ist schon wieder hart. Oh Gott! Ich will sie haben! Vorsichtig drücke ich meine Beule gegen sie.

Endlich hält sie still. Ihre Hände halten meinen Oberkörper noch auf Abstand. Langsam streifen meine Hände ihren Körper entlang. Sie hat weiche, ausladende Rundungen und was für welche! Ich ertaste die Unterseite ihrer vollen, weichen Brüste mit meinen Daumen. Ihr Hintern ist voll und rund. Ich muss aufpassen, dass ich nicht zu schnell vorpresche. Sie ist schüchtern.

Vorerst halte ich sie nur. Sie wehrt sich nicht mehr.

Sarah

Es ist nicht unangenehm. Irgendwie gefällt es mir jetzt sogar. Ich beruhige mich. Ich drücke meinen Oberkörper, soweit es geht von ihm weg. Dadurch drücken sich unsere unteren Regionen gegeneinander. Etwas Hartes presst sich auf meine Scham. Der Reißverschluss seiner Jeans kann das nicht sein. Ich bin neugierig. Durch Bewegung versuche ich es zu erkunden. Nun fängt auch er sich an zu bewegen! Seine Hände halten meinen Po fest. Das fühlt sich zunehmend besser an. Himmel!

Jack

Wenn das so weiter geht, kann ich für nichts garantieren! Sie reibt sich an meinem Schwanz, der mittlerweile zuckt und bereit ist, zuzustoßen. Ich kann mich nur mehr schwer beherrschen. „Halt endlich still! Entspann dich. Ich tue dir nichts." „Das will ich hoffen. Sonst schreie ich!", meine Süße zeigt Krallen. Das gefällt mir. Ich lache laut auf und sehe sie ganz entspannt an. Ich weiß, dass sie mir nicht mehr lange widerstehen wird können.

Sarah

„Wie heißt du eigentlich? Ich stehe mit dir so da und ich weiß nicht einmal, wie ich dich ansprechen kann!" „Jack." „Ist nicht wahr! Deinen echten Namen willst du mir nicht sagen?" „Alle nennen mich Jack!" Er küsst mich schnell auf meine Lippen. Kurz. Windend in seinen Armen wird es mir immer heißer. „Könntest du mich wieder loslassen?", ich gebe mich betont lässig. Er lacht schallend auf. Ich blicke auf seinen offenen Mund. Seine Zähne sind strahlend weiß und ebenmäßig. Er gefällt mir immer besser. Endlich löst sich der Druck um mich und ich bin frei. Ich laufe die Stufen zur Gaststube hinauf und halte Ausschau nach Julie. „Hi. Können wir wieder?" „Ja, ja. Ich habe schon auf dich gewartet. Gott sei Dank! Ich bin total überdreht. „Sehe ich dich wieder?" Jack steht direkt hinter mir. Seine Hände liegen locker an meinen Hüften. „Morgen nicht. Vielleicht übermorgen." Ich habe morgen einen langen Tag auf der Uni. Das muss er ja nicht wissen.

„Ich freue mich jetzt schon auf dich, Süße!", und küsst mich auf den Nacken. Ich schaue ihn skeptisch an. Gänsehaut überzieht mich und ich nehme schnell die Hand von Julie und zerre sie eilig hinaus.

„Süße?", Julie sieht mich von der Seite an und hebt die Augenbrauen. Ich werde schon wieder rot! Ärgerlich. „Äh, Jack hat mich geküsst. Er hat mich vor dem Klo abgepasst und festgehalten. Aber da war nichts!" „Da war NICHTS? Hallooo!?? Er hat dich geküsst und dich an sich gepresst? Hallooo!" Verlegen schaue ich weg. Ich will noch nicht darüber sprechen. „Pass auf dich auf!", meint sie nur. „Ja!". Dann schaue ich sie an „Wie war es mit dem Typen bei dir?" „Mein Gott, der ist so was von süß!", schwärmerisch erzählt sie von ihrem Gespräch. Charlie heißt er. Er ist Rocker. Er ist ein Cobra. Sie will ihn nächstes Wochenende noch einmal sehen. Da ist Disco.

„Von welcher Gang ist dein Rocker eigentlich?" Ratlos zucke ich mit den Schultern. „Darüber haben wir nicht geredet. Ich weiß nicht einmal, ob er ein Rocker ist?" „Natürlich ist er einer! Sie haben alle dasselbe an. Auf dem Rücken der Männer steht der Name der Gang!" „Gehen wir in die Disco?", fragt mich Julie nochmal. „Ich überlege es mir. Ich sage dir morgen Bescheid." Irgendwie habe ich kein gutes Gefühl bei der ganzen Sache…

Jack

Schade, jetzt ist sie wieder weg. Ob sie sich wieder hierher traut? Ich denke schon, dass ich sie angetörnt habe. Ich will sie ganz. Das nächste Mal lasse ich mich nicht so schnell abspeisen. Ich muss mir was überlegen. Sie ist verdammt schüchtern.

Ich muss sie von ihrer Freundin trennen. Diese Julie ist immer in der Nähe. Ihr Rettungsanker. Da habe ich keine Chance. Julie ist auch ein heißer Feger. Aber mir zu abgebrüht. Außerdem haben Timo und Charlie ein Auge auf sie geworfen. Da mische ich mich nicht mehr ein. Das sollen sie sich untereinander ausmachen.

Aber Sarah gehört mir!

„Hey Timo, auf ein Wort!" „Was ist Jack?" „Ich will ein für alle Mal klären, Sarah gehört mir! Sag es weiter - der ganzen Gang. Lasst sie in Ruhe! Aber habt ein Auge auf sie, wenn ich weg bin. Ich will über alles informiert werden. Klar?" „Geht klar, Jack!" Timo grinst.

Da gibt es einen Haken!

Sarah

Ich räume meine Unterlagen von meinem Platz. „Bis morgen!" Ich winke einem Studienkollegen zu und gehe hinaus. „Hey, warte auf mich!" Julie läuft hinter mir nach. Ich lasse meine Kollegen aus der Vorlesung vorausgehen und warte auf meine Freundin. „Hast du es dir überlegt?" Erwartungsvoll sieht sie mich an. „Ich weiß nicht so recht. Ich habe kein gutes Gefühl dabei." Nachdenklich sehe ich sie an. „Ach sei kein Spielverderber! In der Disco können wir so richtig abtanzen! Das wird echt geil! Du wirst sehen!"

Ich nicke und unterdrücke brutal meine schlechten Vorahnungen. „Du Julie? Ich habe trotzdem kein gutes Gefühl bei der Sache im Club." „Wieso?" „Na ja, es sind doch Rocker. Wir kennen sie nicht. Jack ist sehr aufdringlich." Julie wird hellhörig: „Was meinst du mit aufdringlich? Was hat er getan?" „Äh, das Wesentliche habe ich dir schon erzählt. Aber er ist so – ach, ich weiß auch nicht." Ich denke nach.

Julie beobachtet mich von der Seite: „Sag mal, ist da mehr? War was, das ich wissen sollte?" „Nein, da war nicht mehr. Aber er macht mich an! Er hat Muskeln, fast wie ein Bodybuilder! Er riecht so gut! Ich will es nicht, aber er zieht mich magisch an." Etwas hilflos gucke ich an die Wand, auf den Plafond und wieder zurück zu meiner Freundin. „Ich habe einfach Angst mich zu verlieren!" „Ich werde ein Auge auf dich haben!", verspricht sie mir. Okay...

Vorlesung. Ich höre nichts, obwohl ich nahe vor dem Professor sitze. Ich träume vor mich hin. Es ist das erste Mal, dass mich so ein heißer Typ angemacht hat. Ich bin verwirrt. Ich weiß nicht, wie ich reagieren soll. Soll ich mich darauf einlassen? Mein Verstand sagt, nein. Mein Gefühl sagt, ja! Lass es zu!

"Frau Shiva! Wenn sie mir eine Antwort geben könnten?" – „Was?", Oh Gott! Ich träume vor mich hin und der Professor spricht mit mir. Oje. Was will er von mir? Ich habe keinen blassen Schimmer. „Äh… äh…", stottere ich. „Frau Shiva, wo immer sie jetzt waren, ich wiederhole meine Frage an sie, weil sie mir so sympathisch sind.", ironisch wiederholt er seine Frage an mich und ich kann diese problemlos beantworten. Ich bin froh. Er lässt augenblicklich von mir ab. Mein Sitznachbar zeigt mir den Daumen nach oben und grinst. Erleichtert lächle ich zurück und schaue nach vorne. Der Professor beobachtet uns! Auch das noch! Aber er redet weiter, als wäre nichts gewesen. Am Ende des Tages fahre ich müde nach Hause. Ein ganzer Tag Uni ist sehr anstrengend.

„Morgen ist Disco! Ich freue mich auf Charlie!", singt Julie und hüpft am nächsten Tag neben mir her. „Hast du was mit ihm?", frage ich sie. Wohlbemerkt - Charlie ist der Typ mit den raspel kurzen Haaren. „Nein, nein. Aber er ist ein interessanter Typ. Wir haben viele gemeinsame Themen." „Dann bis morgen!", seufze ich, steige aus der Straßenbahn und gehe nach Hause.

„Hallo Sarah! Setz dich! Wir essen gleich.", meine Mama küsst mich auf die Wange und ruft die anderen zusammen. Mein Vater und meine Schwester kommen in die Küche und setzen sich zu mir. Meine Mutter tischt auf. „Mahlzeit!" Es gibt Nudelauflauf. Mmmh! Eines meiner Lieblingsgerichte. Meine Mutter spricht mich auf den Club an: „Also Sarah. Wie war es eigentlich in dem neuen Club neulich abends?" „Tja… nichts Besonderes. Da gibt es an den Wochenenden immer Disco. Julie und ich wollen da gerne hinschauen." „Wie seid ihr da hingekommen?" „Julies Papa hat ihr den Tipp gegeben und gemeint dass wir es uns anschauen könnten. War ganz nett. Coole Leute." Dass da Rocker sind, verschweige ich selbstredend. Ich weiß, dass Papa gegen alles ist, was nicht in sein

Schema passt. Wir sind eine Durchschnittsfamilie. Alles was nicht hineinpasst, wird ignoriert und ist auch nichts für die Töchter. Basta. Also schweige ich.

Ich bin schon ganz aufgeregt! Ich sitze am nächsten Tag unruhig in der Vorlesung. Die Konzentration schwelt auf einem äußerst niedrigen Level dahin. Ich nehme mir vor, dass ich mir die Unterlagen von meinem Sitznachbarn zum Abschreiben ausleihe. Ich glaube er steht auf mich.

Aber vorerst ist der Abend wichtiger! Immer wieder schreiben Julia und ich uns knappe Informationen auf What's App. Lauter Blödsinn! Immer wieder! Ich lache auf. Sofort ziehe ich meinen Kopf ein um nicht unnötige Aufmerksamkeit auf mich zu ziehen. In das Handy tippend vereinbaren wir eine Zeit. Bald genug. Wir können vorher auch noch in den Schankraum schauen.

Viel zu früh stehen wir vor der Tür des ‚Together'
und gehen hinein. Wir laufen die Treppe hinauf
und betreten den Schankraum, als wären wir
schon immer da gewesen. Es ist heute noch fast
leer. Wir nehmen uns je eine Cola und setzen uns
irgendwohin und warten. Es dauert nicht lange,
dann sind wir von Jungs und Mädchen umzingelt.
Der Raum ist nun gerammelt voll.

Aber ich sehe Jack nirgends. Meine Stimmung ist
etwas gedämpft. Aber dann konzentriere ich mich
auf den Tisch. Die Leute albern herum. Ich
entspanne mich. Ein paar Namen habe ich mir
schon gemerkt. Julie schäkert mit einem Typen
herum, als hätte sie darin schon jahrelange
Erfahrung. Ich beneide sie. Smalltalk ist für mich
schwierig.

„Hi. Du bist Sarah, nicht wahr?", der Typ neben
mir sieht mich an. Ich nicke: „Du?" „Bobby!
Gehst auch in die Disco heute?" „Klar!" „Tanzt
du mit mir?" „Muss ich das jetzt entscheiden?",

keck schaue ich ihn an. Geht doch! Ich kann es. Ich bin ganz cool. Der Mann ist nicht unbedingt mein Typ. Unbewusst vergleiche ich ihn mit Jack. Bobby kann da nicht mithalten, obwohl er gut aussieht. Aber er ist ein netter Kerl. „Klar! Weil ich dann mit dir zusammen bin!", gibt er mir zur Antwort. „Wie zusammen?", fragend schaue ich ihn an. „Wenn ein Mädchen mit einem Typen von uns tanzt, dann sind sie zusammen!", klärt er mich auf. „Welche Typen seid ihr?", will ich nun exakt wissen. „Ich bin ein Black Angel! Du bist mein Mädchen, wenn du mit mir getanzt hast!", ich beobachte wie er die Brust anschwellen lässt. „Nein, dann tanze ich nicht mit dir! Ich kann mich doch nicht festnageln lassen!", schockiert schaue ich ihn an. Das fehlt mir noch! Ich tanze und dann bricht das Chaos aus, wenn ich danach mit einem anderen tanze!? Ich habe es gewusst. In diesem Club gibt es einen Haken! ich rufe Julie zu, dass ich mit ihr sprechen muss. Sofort!

Wir verstehen uns auch ohne viele Worte. Julie ahnt, dass ich ein größeres Problem habe! Also folgt sie mir aufs Klo. „Was gibt es?" „Hast du gewusst, wenn du mit einem Typen hier tanzt, dann bist du seine Freundin?! Wie schräg ist das denn?!" „Nicht wahr! Woher hast du das?" „Ich habe mich gerade mit Bobby unterhalten. Er fragt mich gerade, ob ich mit ihm heute tanze. Er behauptet, wenn ich mit jemanden von den Typen hier tanze, dann ist man seine Freundin." „Nicht wahr…! Gut, dass du mir das sagst. Dann tanze ich halt mit niemandem!"

Vorgewarnt gehen wir wieder zurück zu unserem Tisch. Ich beobachte jetzt die Mädchen und Jungs genauer. Hier gibt es offensichtlich Pärchen. Die Mädchen unterhalten sich nur mit ihrem Partner, oder mit anderen Mädchen. Männer, die Mädchen haben, haben ihren Arm besitzergreifend um sie gelegt. Männer, die ohne Mädchen sind, flirten hauptsächlich mit mir oder Julie. Sind wir als einzige Singles hier und zu haben?! Jetzt fällt es mir umso deutlicher auf. Die Jungs sind hier in der Überzahl. Oh mein Gott! Gar nicht gut!

Das Testosteron fühlt sich erdrückend an. Mir ist heiß. Ich rutsche unruhig auf der Bank hin und her. Ich bin eingeschlossen von zwei Kerlen. Das ist mir vorhin nicht so krass aufgefallen. Wie komme ich da wieder raus? Ich habe zwei Möglichkeiten. Entweder, ich gehe nach Hause und hoffe, dass Julie das ebenso sieht. Oder ich harre aus und hoffe, dass die Zeit bis zur Disco schnell vergeht.

Ich bleibe. Julie hat offensichtlich Spaß am Flirten. Ich sehe ihr dabei zu und bin fasziniert, wie locker sie das hinkriegt. Ihr süßer Typ Charlie ist auch noch nicht da. „Also seid ihr alle hier Black Angels?", will ich wieder ins Gespräch kommen. Mhm. „Was macht ihr, wenn ihr nicht hier seid?" Bobby klärt mich auf: „Wir treffen uns in unserer Zentrale. Wir biken durch die Gegend, oder kämpfen." „Kämpfen? Gegen wen?

Warum?", ich bin etwas schockiert, wie locker das herüberkommt. Irgendwie habe ich keine Vorstellung davon, wie das vor sich geht. Ich sehe sie im Geiste mit Fäusten aufeinander losgehen. Hoffentlich machen sie das irgendwo draußen. „Wir treffen uns auf einen Platz, der vorher von unseren Anführern vereinbart wurde!" Cool bleiben! „Wie soll ich das verstehen? Kämpft ihr mit Fäusten? Was gibt es für Gründe?" „Normalerweise haben wir unsere Fäuste. Aber es kommt auch vor, dass jemand ein Messer dabei hat." „Welchen Grund habt ihr dazu?" „Na ja, wenn ein Mädchen von meinem Club Bruder entführt wird.", er verzieht grimmig das Gesicht. Okay. Cool bleiben. Das darf doch nicht wahr sein! Ich habe es gewusst. Hier gibt es einen Haken nach dem anderen. Hat das der Papa von Julie nicht gewusst?! Ich muss kurz raus! „Äh, ich komme gleich!" „Hey! Wo willst du jetzt wieder hin?" Ich klettere über dem Sitznachbarn hinaus und gehe ins Stiegenhaus hinunter. Ich hole einmal tief Luft. Ich ahne, dass das hier nicht ganz ungefährlich ist. Wer weiß, was da noch alles läuft! In meinem Innern brodelt es. Die Gefahr ist auch nicht ohne gewissen Reiz. Da ist noch Jack. Ich vermisse den Typen, der dazugehört! Himmel, wenn das nur gut geht...

Wo ist er überhaupt? Kommt er heute nicht mehr? Ich gehe in den Vorraum und setze mich in einen Sitzsack…mit Blick auf die geschlossene Tür zur Disco. Noch bin ich alleine und vermisse ihn. Ich will kurz die Augen schließen und schlafe augenblicklich erschöpft ein.

Discofieber

Jack

Ich bin spät dran. Meine Arbeit hat mich aufgehalten. Ein besonders verzwickter Fall! Da muss ich das Wochenende durchmachen. Aber jetzt will ich Sarah sehen. Ich gehe durch die Tür und sehe sie. Sie schläft auf einem Sitzsack. Sie ist alleine. Was macht sie hier? Wieso ist sie nicht oben bei den anderen? Wartet sie auf mich? Das wäre zu schön um wahr zu sein. Sie sieht süß aus im Schlaf. Ihr Kopf ist zurückgefallen. Ihre Wimpern werfen Schatten auf ihre leicht geröteten Wangen. Die langen hellbraunen Haare liegen wellenartig ausgebreitet auf dem Leinenstoff des Sackes. Ich nehme mein Handy und mache ein Foto von ihr. Ich werde es mir ausdrucken und auf meinen Schreibtisch aufstellen. Dann kann ich sie jederzeit ansehen.

Wumm! Die Disco geht los. Ich muss sie wecken. Gleich wird die Horde von oben herunter kommen. Ich beuge mich zu ihr hinunter, stütze mich auf ihre Oberschenkel und küsse sie auf die weichen Lippen. Sie schmecken einfach gut. Ich küsse sie immer wieder mit kleinen Berührungen auf den Mund. Mhm… Sie schmeckt einfach gut! Sie fängt an, um sich zu schlagen. „Hey, hey, ich bin es!" Ich halte ihre Hände fest an meine Brust gedrückt. Sie sieht zu mir auf. Ihr Blick ist köstlich beim Aufwachen. So unschuldig. Sofort schieße ich wieder ein Foto. Dieser Blick törnt mich an. Es macht mich unglaublich scharf! „Was tust du da?!", empört will sie mir mein Handy entreißen. Aber ich halte es weit weg von ihr.

Sarah

Der Lärm hat mich aufgeweckt. Desorientiert versuche ich mit meinen Armen das Gewicht, das auf mir lastet, wegzuschlagen. Wie ein großer Schatten ist ein Körper über mich gebeugt. Panisch schlage ich weiter um mich. „Hey, hey! ich bin es!", Jack hat seine Hände auf meine Oberschenkel gelegt. Zu nahe an meinem Schritt. Ich schiebe sie abrupt weg. Es ist mir unangenehm. Trotzdem genieße ich den männlichen Duft von Tanne, Tabak und etwas Undefinierbaren, der mich umhüllt. Ich hebe mein Gesicht und blicke in tiefblaue Augen. „Du siehst so sexy aus, beim wach werden!" Verlangen verdunkelt seine Augen. Fasziniert beobachte ich es und merke gar nicht, dass meine Lippen etwas geöffnet sind. Ich lecke darüber. Sofort senkt sich sein Blick darauf. Er nähert sich ganz langsam. Ich werde unruhig. Meine Hände schwitzen. Ich wische sie an meiner Jeans ab. Es hilft nichts. Sie bleiben weiterhin nass.

Dann rieselt ein Schauer nach dem anderen durch mich hindurch. Seine Lippen treffen auf meine. Vorsichtig streifen sie meine Unterlippe entlang.

Immer wieder. Zärtlich. Ich fange an zu zittern. Seine Zungenspitze leckt auffordernd über meine Lippen. Vorsichtig öffne ich meinen Mund. Sofort stößt er in mich und saugt meine Zunge in seinen Mund. Bestimmend... Anpackend…

Es ist berauschend. Ohne meinen Willen erwidere ich seinen Zungenkuss. Ich überlasse mich ganz dem fremden aufregenden Gefühl. Ich bin schwach. Ich klammere mich an seine muskulösen Oberarme fest. Längst sitze ich auf seinem Schoß. Ohne, dass es mir bewusst wurde, hat Jack mich hochgehoben und sich mit mir auf seinem Schoß wieder niedergelassen. Er hält mich mit einer Hand im Nacken fest an sich gedrückt. Die andere knetet meine Brust.

Was?! Wir sitzen im Vorraum! Meine Gedanken erfassen langsam aber sicher, was wir hier, im grell beleuchteten Vorraum, auf einem Sitzsack tun. Ich fange an, mich zu widersetzen. Loslassen! Hey! Dann befreie ich mich gewaltsam. Beschämt schaue ich mich um. Keiner beachtet uns. Die Disco ist auch schon in vollem Gang. Ich seufze auf und befreie mich aus seiner nun lockeren Umklammerung.

Ich gehe ohne Jack in die Disco. Ich drehe mich um. Er sitzt noch immer und unterhält sich jetzt mit jemanden, den ich noch nicht kenne. „Tanzt du jetzt mit mir?" Bobby steht da. Er brüllt mir ins Ohr. Es ist sehr laut hier drinnen. „Nein. Jetzt nicht! Ich muss mich erst orientieren!", brülle ich ihm ins Ohr.

Dann spüre ich eine Hand, die meinen Oberarm umfasst. Jack. Besitzergreifend zieht er mich von Bobby weg. Bobby zuckt die Achseln. „Du gehörst mir!" Was?! „Was soll das denn? Darf ich nicht mit einem anderen tanzen?" „Nein!" Das ist ja nicht zu fassen! Ich gehöre niemanden! Ich reiße mich los und gehe alleine auf die Tanzfläche zu Julie.

Ein Rock'n Roll beginnt. Wir haben den schon oft auf Partys zusammen getanzt. Super! Wir legen los. Es geht doch! Es macht Spaß. Wir werden beobachtet. Es spornt uns zu mehr Figuren an. Mir ist heiß. Julie wirbelt mich hin und her. Dann dreht sie sich unter meinem Arm durch und springt wieder zurück. Sie wirbelt mich wieder von sich weg und holt mich mit einer Drehung zurück. Sie hebt mich hoch und dann rutsche ich unter ihren Beinen durch. Mit Kraft holt sie mich wieder zurück und wirft mich etwas in die Höhe. Wir lachen und drehen uns abwechselnd unter unseren Armen durch.

Der Song wechselt auf einen schnulzigen Blues. Sofort spüre ich Arme um meinen Körper. Jack, wer sonst. Es darf ja sonst keiner. Er hat mich an sich gebunden. Wie auch immer. Ich genieße es trotzdem. Ich schwitze noch von dem Tanz mit Julie. Es ist mir etwas unangenehm. Aber er muss ja nicht mit mir tanzen, wenn es ihm nicht gefällt. Er zieht mich fest an sich. Ich spüre etwas Hartes an meiner Scham. Was ist das? Ich weiß es nicht. Noch nicht…

Er fängt an, mit mir zu knutschen. Ich liebe es. Ich liebe seinen Geschmack nach Tanne, Wald, Tabak. Er weiß es, wie er es machen muss. Er zieht mich magisch an. Seine Lippen liegen auf meinem pochenden Puls. Aufreizend streift er über meinen Hals, dann knabbert er vorsichtig mit seinen Zähnen. Es kitzelt. Ich muss lachen. Er schaut mich an: „Was!" „Es kitzelt!" Au! Er hat mich gebissen! Ich fahre instinktiv mit meiner Hand über seinen Mund. Er grinst teuflisch. Instinktiv reibe ich den von ihm gebrandmarkten Fleck. Währenddessen fängt er an, mit seinem Becken an meines zu drücken. Das harte Teil reibt sich an meiner Scham. Was ist das? Er nimmt meine Hand von seinem Oberkörper und schiebt sie nach unten. Ich bin neugierig, was ich da finde. Dann begreife ich es. Sein Penis! Mein Gott! Der muss ja riesig sein?!

Was bin ich naiv! ich bin so behütet aufgewachsen! Mein Gott! Es bewegt sich! Wie macht er das nur? Ich bin beschämt und verstecke mein heißes Gesicht an seiner Brust. Ich nehme die Hand schnell von seiner Jeans weg und lege sie wieder auf seinen Oberkörper. Jack hat wieder angefangen mich zu küssen. Ich liebe es! Er schmeckt so gut. Er riecht fantastisch. Ich kriege nicht genug von ihm. Dann hört der Song auf. Die ersten Töne eines bekannten Songs der Queen stimmen sich ein.

Ich mache mich resolut los. Ich tanze da lieber alleine. Es ist eine meiner absoluten Lieblingsbands – die Queen. Der Sänger Freddy Mercury ist fantastisch gewesen. Betonung auf gewesen! Leider. Aber er wird immer für mich weiterleben. Jetzt konzentriere ich mich auf einen Solotanz. Ich gehe hier ganz auf. Meine Bewegungen sind vollständig auf diesen Song eingestellt. Ich blende meine Umgebung komplett aus. Zum Anwärmen schwinge ich leicht meine

Hüften hin und her. Meine Hände sind nach oben verschränkt und ich zucke abwechselnd mit den Schultern, dann mit den Hüften. Ich schlage den Takt mit den Schuhen. Ich bewege meinen Körper hin und her, wobei ich mit all meinen Sinnen bei dem Song bin. Ich gehe langsam in die Knie und erhebe mich langsam wieder in die Höhe. ich bin wie losgelöst. Meine Augen sind geschlossen. Mein Fokus liegt auf der Stimme von Freddy Mercury. Ich lebe den Song. Ich sehe niemanden. Ich nehme nichts anderes wahr als die Musik und den Tanz. Es ist einfach nur geil.

Plötzlich stupst mich ein Finger an. Irritiert blinzle ich, drehe mich umher und merke, dass ich hier auf der Tanzfläche ganz alleine bin. Die Leute stehen und sitzen um mich herum und starren mich an! Ich schaue fragend auf das Mädchen, das vor mir steht: „Wie machst du das?" Wie mache ich was?! Ich weiß nicht, was sie meint. „Äh?" „Du tanzt so gut! Wie geht das? Zeigst du mir das?" Ich zucke mit den Schultern. Die

Faszination des Augenblicks ist vorbei. Ich bin enttäuscht, unterbrochen worden zu sein und wende mich ab und lasse das Mädchen unwillig stehen. Der Song ist vorbei und ich bin etwas verärgert. Ich hatte mich so gut gefühlt!

Jack

Die ganze Zeit habe ich zugeschaut. Mein Blick ist nicht von ihr gewichen. Zuerst hat sie mit ihrer Freundin den Rock'n Roll hingelegt, was schon toll war. Das Schauspiel war geil. Dann wollte sie alleine bleiben und hat einen Solotanz zu Queen hingelegt. So etwas Erotisches habe ich noch nie erlebt. Das war Sex pur. Sie ist ganz weg gewesen. Mannomann! Ich will sie auf der Stelle! Mein Schwanz ist so was von bereit in ihre Muschi zu stoßen! Dummerweise ist sie von einem Mädchen angepöbelt worden und jetzt hört sie auf. So was Blödes! Ich hätte noch stundenlang zuschauen können. Aber was soll's! Sie zieht mich magisch an. Ich muss zu ihr!

Sarah

Jack umfasst mich von hinten und presst seine Hüften an meine. Wir legen einen Dirty Dance hin. Es hebt meine Stimmung augenblicklich. Wir kreisen die Hüften aneinander und ich spüre seinen Penis in meiner Pospalte. Ich genieße es. Ich presse meinen Arsch fester an sein hartes Teil. Er stöhnt auf. Ahh!

Seine Hand presst meinen Bauch an seinen und legt sich eine meiner Arme um seinen Hals. Mein Kopf liegt auf seiner Brust. Ich klammere mich mit der anderen Hand an seine Jeans. Er beugt mich nach vorne und hebt mich mit einer Drehung wieder nach oben. Er wiederholt dies einige Male. Dann dreht er mich um, dass ich wieder mit der Brust an seine Brust gepresst werde. Nach einigen

Ausfallschritten drückt er mich wieder fest an sich und lässt nicht mehr locker. Was gut ist. Meine Sinne sind verwirrt und meine Standfestigkeit ist sehr labil geworden. Alles dreht sich.

„Du bist so was von geil! Dein Solo hat mich scharf gemacht! Komm mit mir hinaus! Ich will dir was zeigen!" Der magische Moment macht mich willig. Ich bin wie benebelt. Ich fühle mich so schwerelos und ich gehe freiwillig mit. Jack ist so männlich! Er zieht mich ins Freie an einen dunklen Ort. Die Straßenlaternen sind weit weg. Ich sehe fast nichts. Die plötzliche Stille ist nach dem Lärm in der kleinen Mauernische, angenehm. Die Stille hier draußen ernüchtert mich aber etwas.

Jack küsst mich. Meine Hände krallen sich in seine Mähne. Es sind weiche Haare. Ich spüre, dass er versucht, eine meiner Hände nach unten zu ziehen und merke beklommen, dass er seine Hose geöffnet hat und meine Hand an sein Ding zieht.

Ich will es nicht. Der Stoff war sicherer. Ich will nicht seine Haut spüren. Es ist nicht so, dass ich noch nie einen Penis gesehen habe. Aber hier bei Jack ist es anders. Es ist gefährlich. Ich spüre das. Ich will mich nicht auf zu viel einlassen. Aber ich bin auch neugierig. Ich greife zögernd danach. „Du kannst zupacken. Es tut nicht weh." Ich packe zu. Sein Stöhnen lässt mich aufblicken. „Jaa! Mach weiter!" Ich will nicht mehr. Sein großer dicker Penis ängstigt mich. Ich will nicht weitermachen. Ich distanziere mich. Er schaut mich an. Enttäuschung macht sich auf seinem Gesicht breit. Das Ding schrumpft. Er steckt es wieder ein.

Jack

Jetzt habe ich sie so weit. Sie ist mit mir hinaus. Ich will ihr zeigen, wie sie mich anmacht. Was sie aus mir macht, wenn sie tanzt. Ich habe sie fest um die Taille gefasst und ziehe den Reißverschluss meiner Jeans auf. Dann umfasse ich ihre Hand und lasse sie fühlen. Jaaa! Ja! „Mach weiter, Süße! Jaa!" Was ist jetzt los?! Sie zieht sich zurück! Sie ist so schüchtern. Was mache ich jetzt?! Ich bin so geil auf sie und sie will weg?! Scheiße!

Enttäuscht packe ich meinen Penis wieder ein. Ich kann es nicht verbergen. Ich muss mich abreagieren. Ich werde, ja was mache ich jetzt? Ich werde eine Runde mit meinem Bike fahren. Ja, das hilft sicher! Ich drehe mich abrupt von ihr weg und rufe meine Kumpels: „Timo, Charlie! Kommt, wir fahren los!"

Ernüchternde Erkenntnisse

Sarah

Verstört folge ich ihm wieder in das Haus. Er ist einfach weg. Weg von mir. Die Stimmung ist gekippt. Er hat sich abgewendet. Er hält nicht weiter meine Hand. Er will mich nicht mehr. Es tut so weh…

Sofort verschwinde ich auf das WC und sperre mich in eine Kabine ein. Ich setze mich auf die Kloschüssel und lege meinen Kopf zwischen meine Beine. Mir ist schlecht. Ich weiß nicht, an was das liegt. Die Emotionen sind offensichtlich zu viel gewesen. Jetzt bin ich allein und muss damit fertig werden. Ich will nach Hause. Ich werde Julie suchen müssen. Ich wasche gründlich meine Hände und wage einen Schritt vor die Tür. Die Luft ist rein. Kein Jack. Ich will ihn jetzt auch nicht mehr sehen! Es ist aus! Auf der Suche nach Julie, kommt sie mir schon entgegen. Wütend zerrt sie mich vor die Eingangstür: „Wo warst du die ganze Zeit?" Vorwurf? Okay. „Julie, können wir nach Hause? Mir ist schlecht!", jammere ich. Keine Einwände…

Auf dem Nachhauseweg bombardiert sie mich mit Fragen. Ich erzähle ihr alles von Anfang bis zum Ende. Haarklein. „Mädel, was machst du nur!" Sie schüttelt bedauernd den Kopf. „Entweder du hältst ihn auf Distanz, oder du lässt ihn ran. Ein Mitteilding frustriert nur! Wundere dich nicht, dass er das Weite gesucht hat!" Ich fühle mich wie vor dem Kopf gestoßen! „Aber es geht alles zu schnell!", wage ich zu sagen. Ich vermisse ihn jetzt schon! Wir gehen eine Weile schweigend nebeneinander. „Sag mal, hast du Charlie auch schon geküsst?", frage ich sie. „Ja." „Und?" „Es war gut!" „Gut? Mehr nicht?" „Ja. Mehr nicht. Es war nicht soo berauschend." Ich spüre, dass irgendetwas Julie beschäftigt. „Erzähle schon. Was ist los? Da ist noch was!"

„Ich habe das Gefühl, dass mit mir was nicht stimmt. Mir war in der Disco schon so komisch." „Wie meinst du das?", alarmiert schaue ich sie an. Ich kenne Julie in- und auswendig. Sie sagt es nicht nur so. Da ist mehr. „Etwas schwindlig. Wurstigkeit." Sie hat einen Verdacht, der sich auch auf mich überträgt. Ich kenne sie. „Hast du deine Tage?", nur um ganz sicher zu gehen. „Nein." Sie raucht nichts und sie trinkt nichts. „Du glaubst doch nicht…" „Ich denke, da war was in meiner Cola. Ich habe nur ein kleines Bisschen getrunken! Wie kann ich nur so blöd sein und mir von einem anderen eine Cola holen lassen!", sie schlägt sich selbst mit der Hand auf den Kopf. Ich bin geschockt. Das geht zu weit! Ich kann das nicht begreifen. Wie kann nur jemand so etwas tun?! Bei Julie ist es etwas anderes. Ihr Vater ist bei der Drogenkommission. Sie ist mit dem Wissen über Drogen aufgewachsen. Sie weiß Bescheid. Ein Verdacht erhärtet sich in mir: „Sag mal, ist es das, was dein Vater wollte? Uns als ‚Maulwürfe' einzuschleusen?" Bei Maulwürfe mache ich Anführungszeichen in der Luft. „Zuzutrauen ist es ihm!" „Was machen wir jetzt?" „Ich spiele ihm mit Sicherheit nichts zu!", zeigt sie sich entrüstet. Ich werde es auch nicht tun. Ich denke an Jack und die anderen.

„Was ist mit Jack? Willst du ihn wiedersehen?", sie sieht mich von der Seite an. Ich denke nach. Will ich das? Ist er das wert? Wir könnten in Teufelsküche kommen, wenn wir weiterhin in das ‚Together' gehen.

Aber Jack! Seufz! Ich will ihn! Auch wenn ich ihn vielleicht frustriert stehen gelassen habe. Aber er hat was! Ich weiß auch nicht! „Glaubst du er hat mit mir Schluss gemacht?", meine Zweifel sind sehr groß. „Das weiß ich nicht. Probieren wir es noch einmal. Aber versprich mir eines. Pass auf dich auf! Und – wir gehen niemals alleine hin!", sie sieht mich beschwörend an. Natürlich.

In den nächsten Tagen haben wir viel zu tun. Prüfungen stehen an. Kein Clubbesuch ist für uns möglich. Die Uni geht vor. Wir haben einiges zu lernen. Julie und ich haben große Ziele vor uns. Julie möchte unbedingt Archäologin werden und ich eifere meinem Vater nach und habe mich in das Jura Studium eingeschrieben.

Mein Vater ist ein großes Vorbild für mich. Oft bin ich in Gerichtsverhandlungen gesessen und habe meinen Vater als Anwalt beobachtet. Er ist brillant. Seine Erfolgsquote liegt bei mindestens neunzig Prozent!

Am Fluss

Sarah

Jack... Was wäre wenn... Er ist so… Ich weiß nicht... Er riecht so gut... Die Augen... Oft sitze ich in den Vorlesungen und träume von ihm. Von Zeit zu Zeit rempelt mich eine Studienkollegin neben mir in meine Weichteile, wenn sie merkt, dass der vortragende Professor mich beobachtet. Dann reiße ich mich zusammen und horche widerwillig dem Professor zu. Endlich! Die Prüfungen sind geschafft! Heute werden wir wieder in den Club gehen! Ich bin so aufgeregt! Jack... Wird er mich wieder küssen? Mir ist bange. Wir haben uns seit zwei Wochen nicht mehr im Club anschauen lassen. Will er mich überhaupt noch?!

Wir gehen in den Aufenthaltsraum und setzen uns mit unseren Getränken an den Tisch der Cobras. Jack ist einer von ihnen. Also können wir nicht falsch sein. Aber ich habe ihn noch nicht gesehen. Ich will nicht den Anschein erwecken, als hielte ich Ausschau. Dennoch...

„Er ist da!", flüstert mir Julie zu. Oh... Ich habe es erhofft. Aber nicht damit gerechnet, dass er doch noch kommt! Was soll ich jetzt tun? Nach außen hin tue ich nichts. Innerlich platze ich gleich vor Aufregung. „Hallo Süße!" Er...

Er steht hinter mir. Sein Mund ist nahe meines linken Ohrs. Seine Lippen streifen meine Ohrmuschel. „Hallo!", ich gebe mich äußerlich ganz cool. Aber ich zittere. Es wird stärker. Meine Nerven liegen blank. Er lacht leise. Er spürt es!

Jack

Ja! Sie ist wieder da! Ich habe sie lange nicht gesehen. Bald hätte ich sie suchen lassen. Aber das Warten hat sich gelohnt. Heute habe ich mir etwas Besonderes einfallen lassen. Unsere Beziehung muss auf ein höheres Level gesetzt werden, sonst drehe ich noch durch. Ich werde sie heute Nachmittag an den Fluss bringen. Da sind wir alleine. Da kann ich mich an sie heranmachen. Es wird ihr gefallen und mich ihr näherbringen. Ich weiß es...

Sarah

„Komm mit!" Jacks Hand fordert mich auf, hinzugreifen. Wie ferngesteuert, ohne eigenen Willen, lege ich meine Hand in seine, stehe auf und folge ihm zur Treppe. Sofort schlingt er seine starken Arme um mich. Wie habe ich das vermisst! Ich fühle die Muskeln seines

Oberkörpers unter meinen Händen. Es ist berauschend. Ich bin im siebten Himmel! Seine Zunge schnellt vor und spaltet mühelos meine Lippen. Ich stemme mich gegen ihn: „Du bist mir nicht böse?", bittend schaue ich ihn an. „Böse? Nein. Warum denn? Wir werden das schon hinkriegen!" Beruhigt ziehe ich seinen Kopf wieder zu mir herunter. „Du bist noch Jungfrau?"

Seine blauen Augen sind ganz nah. Ohne meinen Verstand einzuschalten nicke ich. Oh Gott! Nein! Wie konnte ich nur! Er lächelt überrascht. Wieso er das weiß, wundere ich mich. Ich fühle mich wie im Rausch. „Gehen wir zum Fluss hinunter? Dort ist es angenehmer als hier."

Ich nicke. Ich würde heute zu allem nicken. „Ich sage Julie Bescheid." Julie ist lebhaft in einer Unterhaltung verstrickt. „Bist du dir sicher?", fragt sie mich mit ernstem Blick. Ich nicke. Dann gibt sie mir ein Zeichen, dass sie verstanden hat. „Wir sehen uns dann morgen!" Hand in Hand gehe ich mit Jack mit. Der Fluss ist ein allgemeiner Treffpunkt der Jugend in der Stadt. Die große Wiese entlang des Wassers wird bei Schönwetter gleichermaßen von Jungen und Mädchen belagert. Die Sonne scheint. Es ist sehr warm. Ideal um auf der Wiese zu liegen und zu chillen.

Er setzt sich hin und bietet mir an, mich mit meinem Kopf auf seine Oberschenkel zu legen. Es ist mir zu intim. Aber ich bin in diesem Moment einfach nur glücklich, dass er noch bei mir ist. Also nehme ich sein Angebot an. Er zieht seine Jeansjacke aus und legt sie über mich. Mir wird das Herz ganz weit bei dieser Fürsorge. Ich denke mir nichts weiter dabei. Was bin ich naiv! Ich lächle ihn an. Er streichelt mein Gesicht. Ich zittere. Dieses Gefühl der Zärtlichkeit lässt mich ganz weich werden und ich schmelze nur so dahin. Die Sonne scheint, es ist heiß. Jack über mir. Dieses wohlige Gefühl. Ich bin sooo glücklich...

Seine Hand legt sich auf meine Brust. Jack streift sie ganz zart. Ich halte still. Es ist ein unbeschreibliches Gefühl. Durch mein T-Shirt und meinen BH strecken sich meine Brustwarzen seinen fordernden Händen entgegen. Mein heißes Verlangen nach mehr, lässt mich vergessen, dass ich ihm eigentlich Einhalt gebieten soll. Wir sind in der Öffentlichkeit! Hallooo?!

Im Gegenteil. Ich schmelze nur so dahin. Ich kann ihm nicht in die Augen sehen und halte sie fest geschlossen. Diese Intensität ist nicht auszuhalten. Ich spüre, dass er seine Jacke noch weiter über meinen willigen Körper zieht. Oh Gott! Er greift unter mein T-Shirt auf nackte Haut. Seine Hände sind warm. Ich fiebere und zittere ob des Ansturms auf meine Gefühle. Er zieht meine BH-Körbchen nach unten und umfasst meinen Busen. Oh mein Gott!

Ich riskiere einen Blick. Das Blau seiner Augen ist dunkler und sie nehmen meinen Blick gefangen. Sie lassen mich nicht mehr los. Ich winde mich unter seinen streichelnden Händen. Sie liebkosen mich, sie foltern meine freigelegten Brustwarzen. Sein Streicheln und Zwicken lässt meine unteren Regionen feucht werden und ich zucke unter seinen forschen Übergriffen. Ich wimmere auf und schnappe nach Luft. Ich bewege unruhig mein Becken. Unbewusst begeben sich meine Hände auf Wanderschaft in Richtung meiner Hose. Durch meine Jeans reibe ich mein Geschlecht. Mein Denken hat ausgesetzt, ich fühle nur mehr. Wahnsinn! Es ist das erste Mal, dass mich jemand auf diese Weise berührt. Ich liebe es und genieße es! Dann wandert seine Hand abwärts. Meine Instinkte halten seine Hand fest. Das geht eindeutig zu weit!

„Sch, sch.", beruhigt er mich. Viel Druck muss er nicht aufwenden. Meine Vorarbeit lässt meine Muschi nach mehr lechzen. Mein eigener Willen hat sich verabschiedet. Dieses Gefühl ist einzigartig. Der Jeansknopf ist offen. Ich spüre das Knistern des Reißverschlusses. Seine Finger tasten vorsichtig unter mein Höschen hinein. „Es gefällt dir! Du bist nass! Ich kann es gar nicht erwarten, dich endlich zu ficken!", raunt er mir zu. Ich antworte nicht. Es ist nicht notwendig. Seine Stimme setzt mich unter Strom. Blitze zucken durch meine Nervenbahnen. Was kommt jetzt...

„Lass es zu. Ich tue dir nichts. Es wird schön werden!", raunt er mir zu. „Du schaust mich so unschuldig an! Entspanne dich!" Ich lasse mich fallen. Ich entspanne mich tatsächlich. Seine Stimme ist beruhigend. Sie ist so einlullend. Aber auf das was jetzt kommt, war ich nicht wirklich vorbereitet! Seine Finger streicheln ganz zart meine Schamlippen. Ich keuche schockiert auf. „Tue ich dir weh?", er schaut mich fragend an.

Ich kann ihn nicht anschauen: „Nein, mach weiter!" Er lacht leise. Er streichelt mich an meiner Scham, an meinen Schamlippen. Immer wieder liebkosen seine Finger mein Geschlecht.

Es ist so unglaublich und berauschend. Ich halte ganz still. Er darf auf keinen Fall aufhören. Es tut so gut! Aaahh!!! Plötzlich spüre ich die süße Spannung wachsen. Er streichelt mich an einer Stelle, die noch empfindlicher ist, als die anderen Stellen. Dann steckt er langsam seinen Finger in mich hinein. Ich fühle es mit allen Sinnen und wimmere leise. Ich strecke ihm leicht, aber unmissverständlich mein Becken entgegen. Er macht weiter. Immer wieder stößt er vorsichtig, mit jetzt schon zwei Finger, in mich hinein. Ich klammere mich an seine Hand. Mein Verstand will ihn wegziehen.

Aber mein Gefühl flüstert mir: „Lass ihn! Genieße es!" Und er macht stetig weiter. Er berührt mich in einer Weise, die mich keuchen lässt. Er zieht seine Finger wieder weg von mir. Ich protestiere. Ich lege mit Druck meine Hände auf seinen Arm. Er darf jetzt nicht aufhören! Ich will mehr! „Mach weiter! Bitte!" Ich will es!

Die Spannung steigt immens und ich fiebere auf den Orgasmus auf den ich unweigerlich zusteuere. Er rubbelt mich weiter. Intensiver. Er lächelt wissend und ich starre ihn an. Seine Augen sind noch dunkler geworden. Er wird unruhig. Er rutscht von einer Arschbacke auf die andere. Ich sehe automatisch zur Seite. Seine Hose hat eine deutliche Beule. Meine Hitze steigt.

Jetzt weiß ich mit Sicherheit, was das bedeutet. Sein großer, harter Penis ist in seiner engen Hose gefangen. Aber ich weiß nicht, was ich machen soll. Also genieße ich, was seine Finger mit mir tun. Meine Hände klammern sich weiterhin an seiner Hand fest. Ich lasse ihn nicht los. Nicht, dass er sich zurückzieht und mit dem himmlischen Tun aufhört. „Es gefällt dir. Ich denke, dass ich das noch steigern kann!" Was heißt das? Ist das noch steigerungsfähig? Ich weiß es nicht. Ich lasse es so ‚im Raum' stehen. Ich bin schon so erregt, dass ich jetzt alles für ihn tun würde, was er verlangt. Er intensiviert seine Streicheleinheiten.

Ich stoße mit meinem Becken immer wieder seiner Hand entgegen. Dann spüre ich es. Es braut sich zusammen. Wie schwarze Wolken vor einem Gewitter. Langsam und stetig. Wie eine bedrohliche Welle des Meeres, die sich immer mehr zusammenstaut, rückt es näher. Es kommt…jetzt… Es ist da. Ich sehe Sterne...

Es ist noch unglaublicher als vorhin. Ich stehe unter extremer Spannung. Ich bäume mich auf. Er hält mich unten. Ich will ihn wegschieben. Ich bocke. Er lässt es nicht zu. Er rubbelt weiterhin die Stelle, die hochsensibel ist. Ich keuche auf. Ich bäume mich wieder auf. Seine Hand auf meiner Scham hält mich weiterhin unten. Ich stöhne laut auf. Es dauert an. Unglaublich…

Ich halte das nicht mehr aus! Seine Hand liegt auf meinem Mund, um meine Schreie zu unterdrücken. Alle Empfindungen schießen auf diese eine Stelle ein. Mein ganzes Denken…mein Sein…mein Körper…lösen sich auf. Ich fühle mich schwerelos. Mein erster Orgasmus von einem Mann! Orgasmen von meiner Hand ausgeführt sind nichts dagegen… Wahnsinn...

Dann ist es vorbei. Keuchend liege ich da. Mit großen Augen starre ich ihn fast besinnungslos an. Jack schaut mir zärtlich in meine Augen. „Wie geht es dir?" „Ich weiß nicht." „War es gut?"

„Gut? Es war… unbeschreiblich!", sprudelt es aus mir heraus. Schwärmerisch liege ich da. Ich kann es nicht fassen. Ich bin wie betäubt von überschäumenden Gefühlen. „Komm mach deine Hose zu. Wir gehen wieder." Er hat mir schon den BH über meinen Busen gezogen und das T-Shirt nach unten gestreift. Er nimmt mich bei der Hand und führt mich, völlig durch den Wind, wieder zum Club. Julie ist noch da. Sie sieht mich an und steht sofort auf. „Was hast du mit ihr gemacht?!", anklagend sieht sie Jack an. Mein Gesichtsausdruck zeigt was geschehen ist. Er zuckt mit den Achseln und überlässt mich meiner Freundin.

Julie schnappt mich und zieht mich nach draußen. „Ich bringe dich nach Hause! Was ist los mit dir?" „Julie, es war unglaublich! Jack hat Sachen mit mir gemacht, oh mein Gott!" Ich muss es loswerden. Ich erzähle es ihr. „Sarah, wir haben ausgemacht, dass wir aufpassen! Du kannst dich nicht auf so etwas einlassen! Wir wissen nicht einmal, wer die alle sind!"

„Es ist Jack!" „Das sind alles Rocker! Hast du das noch nicht geschnallt? Black Angels und Cobras! Jack ist einer von ihnen! Er will dich nur flachlegen! Mensch werde munter!" „Aber Jack ist anders! Bei ihm werde ich schwach. Er ist so liebevoll!" Ich jammere meine Freundin um Verständnis an. „Wir wissen nicht einmal, ob da Drogen im Spiel sind. Hallo?! Ich denke, wir gehen da nicht mehr hin!" „Oh nein! ich gehe da auf jeden Fall wieder dahin! Ich muss ihn wieder sehen! Außerdem will ich diese unglaublichen Dinge wieder erleben. Es war sooo wahnsinnig schön!" Sie schüttelt den Kopf über meine Schwärmerei. „Ich kann dich nicht abhalten. Aber versprich mir eines. Geh nicht ohne mich hin." Okay...

Ich bin enttäuscht von meiner Freundin. Dass sie so ein Moralapostel ist, hätte ich mir nicht gedacht. Statt sich mit mir zu freuen, schimpft sie mit mir! Vielleicht hat sie ja Recht? Ist es gefährlich, sich mit diesen Typen einzulassen? Ich muss sie fragen, was sie denkt.

„Julie?" Mhm? Ich schaue sie an: „Warum sagst du das? Wieso kannst du dich nicht einfach mit mir freuen?" Sie seufzt. „Okay. Ich bin froh für dich, dass du dieses besondere Erlebnis hattest! Zufrieden?" „Nein. Du hast doch was!" Sie bleibt stehen und sieht mir geradewegs in die Augen: „Ich habe den Verdacht, dass mein Vater, MEIN VATER! uns mit Absicht in diesen Jugendclub

geschickt hat, um die Leute auszuspionieren!"
„Wie kommst du denn darauf?" Ich bin
schockiert. „Gestern war ein Kollege von ihm bei
uns zu Hause und da habe ich zufällig gehört, dass
er meinen Vater gefragt hat, ob er schon was
Neues von mir gehört habe." „Was hat dein Vater
gesagt? „Nein. Aber er muss mich genauer
angeschaut haben, als wir letztens von der Disco
heim sind. Erinnerst du dich noch? Er hat mir
sicher an den Augen angesehen, dass etwas nicht
stimmt."

Oh Gott! Natürlich! Ihr Vater ist ja beim
Drogenkriminalamt! Er kennt sich aus! „Hattest
du zu Hause Schwierigkeiten deswegen?" „Nein.
Er hat mich auf das gar nicht angesprochen. Aber
jetzt weiß ich, was er sich gedacht hat, als er mich
sooo angeschaut hat. Er ist ja nicht von gestern!"

„Hat er dich schon einmal ausgefragt?" „Beim
Mittagessen hat er mich gefragt, ob wir schon im
Jugendclub waren. Da habe ich ihm ein bisschen

erzählt. Aber nichts im Besonderen." „Ich denke, du musst vorsichtig sein!" „Du aber auch! Lass dich nicht auf die Typen ein! Die können gefährlich sein! Die sind anders, als die auf der Universität!"

Der Nebenbuhler

Jack

Das Erlebnis mit Sarah zehrt an mir. Es war unglaublich. Ihr erster Orgasmus hat sie so glücklich gemacht. Das war es wert gewesen, dass ich mir die Mühe gemacht habe. Sie ist noch Jungfrau. Unglaublich. In ihrem Alter. Wie alt ist sie eigentlich? Ich muss sie fragen. Sie sieht noch sehr jung aus. Ich will ihr Erster sein. Es soll unvergesslich für sie werden. Hoffentlich vermassle ich es nicht. Sarah geht mir jetzt schon unter die Haut. Ich muss Dinge erledigen. Ich kann einige Zeit nicht in den Club. Schade. Ich habe Timo und Charlie Bescheid gegeben. Sie müssen auf Sarah achtgeben, dass ihr nichts passiert. Ich kann mich auf meine Kumpels verlassen.

Sarah

Ich bin frustriert, megafrustriert. Heute bin ich wieder mit Julie in den Club. Jack ist wie vom Erdboden verschwunden. Ich will gar nicht nachfragen. Ich unterhalte mich mit den Jungs als wäre nichts. Wo ist Jack?! Ich vermisse ihn! Seufz...

Ich höre seinen Namen aus den Gesprächen. Ich horche auf. „Jack ist bald wieder da. Morgen Mittag kommt er rein." Was höre ich da? Wo ist er gewesen? Kann er mir nichts sagen? Anscheinend bedeute ich ihm nicht so viel. Ich bin wahrscheinlich eine kleine, nette Abwechslung für ihn. Ich bin so naiv! Was bin ich froh, dass ich nicht zu weit gegangen bin! Aber morgen Mittag bin ich auch da! Ich muss ihn wiedersehen! Ich habe genau zwei Stunden Zeit. Das geht sich aus.

„Ich bin Mittag im Club. Jack wird da sein. Gehst du mit?" „Nein! Ich habe keine Lust!" Ich lasse

Julie alleine in der Mensa zurück. Es zieht mich immer wieder hin zu Jack…wie ein Magnet. Aber ich treffe ihn nur im Club. Woanders will ich ihn auch nicht sehen. Der Club mit den Rockern ist mein Geheimnis. Mein Aphrodisiakum. Wenn mein Papa davon wüsste, würde er mich aus dem Club hinaus zerren! Trotz meines Alters!

Jack ist nicht da. Leider. Seine Küsse sind wie ein Rauschmittel. Ich will mehr. Sex haben wir noch nicht gehabt, trotz des fantastischen Nachmittags am Fluss. Es ist wie eine Hemmschwelle für mich. Irgendwie passt es nicht für mich. Er will es, aber ich nicht und ich weiß nicht wieso.

Bobby setzt sich zu mir. „Hi, schönes Mädchen! Ich will dich!" Was für eine plumpe Anmache! Ich schaue ihm in die Augen: „Was soll das? Du weißt, dass ich mit Jack zusammen bin?" „Ja, aber ihr habt nichts miteinander!" „Wieso willst du das wissen?" „Das weiß ich!" Er schaut mich herausfordernd an. Ich bin vorsichtig. Was weiß er? Redet Jack über uns?! „Bist du morgen in der Disco?" Bobby lässt nicht locker. „Wahrscheinlich!" Ich gebe mich ihm gegenüber desinteressiert. Ich schaue ihn nicht mehr an und wende mich auf die andere Seite. „Ich werde morgen mit dir tanzen!", fast berührt er mit seinen Lippen mein Ohr. Ich erschaudere. Es ist nicht unangenehm. Es kribbelt. Ich ziehe meine Schultern in die Höhe und weiche aus. „Das werden wir sehen!" Er lächelt in sich hinein. Ein Schauder nach dem anderen jagt mir den Rücken hinunter. Es sind aufregende Schauder. Ich mag offensichtlich Herausforderungen. Aber ich muss aufpassen, sonst komme ich noch in Teufels Küche.

Zurück auf der Uni fragt mich Julie über den Club aus. Grinsend erzähle ich ihr über Bobby. Sie schüttelt den Kopf und meint, dass ich ja aufpassen soll.

„Wie machst du das, dass sich die Typen nur mit dir unterhalten?", bei ‚nur' mache ich Luftzeichen mit den Zeigefingern. Sie ist hübsch. Sie flirtet gerne und sie tut es auch. Aber sie tritt nicht in jeden Fettnapf wie ich. Die Männer wollen bei mir immer nur das Eine! Wieso weiß ich nicht. Sie kann es mir auch nicht sagen. Hmpf...

Wieder Disco. Ich bin alleine hier. Das heißt Julie kommt nach. Ich konnte es nicht mehr erwarten, hierher zu kommen. Ich denke nur mehr an Jack und seine Liebkosungen am Fluss. Ich fühle mich abhängig, wie ein Junkie. Ich will das noch einmal erleben! Nun sitze ich auf einem Sitzsack mit Blick auf die Tür. Er ist noch nicht da. Bei jedem Öffnen der Tür sehe ich voller Spannung hin. Aber er kommt nicht. Meine Stimmung schwankt von Vorfreude und Nervosität zu Enttäuschung. Die Disco ist im vollen Gange. Er ist noch immer nicht da. Ich werde wütend. Seine Versprechungen kann er sich auf den Hut schmieren! „Schau nicht so böse!" Bobby hockt sich vor mich hin. „Er kommt heute nicht und auch die nächsten Tage nicht." „Wieso weißt du das?" „Ich weiß das!" Er schaut ziemlich sicher drein. „Aber wieso kommt er nicht?" Ich bin überzeugt, dass er mir meine Enttäuschung ansieht. „Glaube mir, das willst du nicht wirklich wissen!" „Hat er eine andere?" Angstvoll sehe ich Bobby an. Er zuckt mit seinen Schultern.

Keine Antwort ist auch eine Antwort! Er steht auf und zieht mich an meiner Hand hoch und schleppt mich auf die Tanzfläche. Schmusesong. Sofort umfasst er mich um die Mitte. Automatisch lege ich meine Arme um seinen Nacken. Es tröstet mich. Ich will keinen Gedanken mehr an Jack verschwenden! Er vernachlässigt mich! Dann muss er mit den Konsequenzen rechnen! Ich will einfach nur Spaß!

Bobby ist ein Kuschelbär. Er legt sein Gesicht in meinen Nacken. Seine Hand hält meinen Nacken fest an seinen Mund gedrückt. Die andere hält mein Becken an seines gepresst. Ich könnte mich ohne Gewalt nicht mehr lösen. Aber ich will es auch gar nicht. Ich genieße die Liebkosungen seiner weichen Lippen an meinem Hals entlang. Ich mache meinen Hals lang, um noch mehr von seinen Küssen und seiner Zunge zu bekommen.

Plötzlich spüre ich einen reißenden Schmerz. Aua…!! Er hat mich gebissen! In den Hals! Ist das zu fassen? Ich schlage auf seinen Hinterkopf. Er lacht und leckt über meinen misshandelten Fleck und hält mich weiterhin eisern fest. Der Schmerz lässt nach und ich sinke wieder an meinen Kuschelbären. Ich blende alle meine Gedanken aus. Ich schließe meine Augen und überlasse mich genussvoll dem Kerl Bobby. Ich genieße es…

Inzwischen ist es schon sicher der fünfte Song. Wir bewegen uns nur mehr auf der Stelle. Einmal nach links und einmal nach rechts. Langsam...Bobbys Hände erkunden meine Brüste. Seine kundigen Finger streifen an der

Unterseite entlang. Ein wohliges Frösteln begleitet die Liebkosung. Meine Brustwarzen pressen sich in seine weiter forschenden Hände. Ich will mehr…Ich drücke mich noch enger an ihn. Ich spüre sein hartes Teil an meiner Scham. Ich reibe mich mit meinen Brüsten an seiner Brust. Er legt seine Hände an meinen Po und drückt sich reibend an mein Becken. Noch immer liebkost er meine pochende Halsschlagader. Ich lasse alles mit mir geschehen. Ich liebe es. Ich habe Jack aus meinen Gedanken verdrängt. Ich bin im Hier und Jetzt. Ich liebe es, dass Bobby nun anfängt meine Lippen zu erforschen. Sofort öffne ich meinen Mund und lasse ihn hinein.

Er hat einen angenehmen Atem. Keinen aufdringlichen Zigaretten Geschmack. Neutraler Mundgeruch. Etwas Bier. Unsere Zungen erkunden sich im Takt der Musik. Langsam. Genießerisch. Es törnt mich unheimlich an. Ich wünsche mir, dass dieser Augenblick nicht so schnell endet.

Rock'n Roll reißt uns aus unserer erotischen Trance. Ich sehe ihn an und erröte. Er lächelt mich an. „Gehst du mit mir hinaus?" Ich tue es. Aber er will ganz hinaus. Er will da weitermachen, wo wir aufgehört haben.

Er will augenscheinlich mehr. Aber ich nicht. Ich will es nicht bis zum Letzten treiben. Da sind wir noch lange nicht. „Nein!" Ich schreie es laut heraus. Er hat seinen Reißverschluss geöffnet und seinen großen, erigierten Penis herausgeholt. Er ist unheimlich lang und dick. Seine Eichel ist geschwollen und blau angelaufen. Dicke Adern zeichnen sich auf seinen Schaft hinunter ab. Er wichst sich selbst. Er hält mich noch immer mit einem Arm umschlungen. Ich reiße mich los und stolpere mehrere Schritte zurück. Dennoch kann ich nicht weg. Ich starre ihm beim Wichsen faszinert und doch angeekelt, zu.

Er versteht mich offensichtlich falsch: „Baby, mach deine Hose auf! Ich will dich anspritzen!"

Erschreckt weiche ich seinen Fingern aus, die an meiner Hose zerren. Was soll das? Was ist an einem ‚Nein' nicht zu verstehen? Gebannt sehe ich zu, wie das Sperma in mehreren dickflüssigen Schüben aus dem kleinen Loch seiner Eichel hervorspritzt. Es beeindruckt mich und gleichzeitig stößt es mich auch ab. Mit einer beeindruckenden Fontäne schießt die dickflüssige Masse über den Boden. Seine Augen starren mich mit einem glasigen Blick an. Er lässt sich seine Enttäuschung meiner Verweigerung nicht anmerken, wischt seine Spermaspuren mit einem Taschentuch ab und nimmt mich fordernd mit hinein in das Haus.

Ich will meine Gedanken sortieren und wende mich von ihm ab. Sofort holt er mich mit festem Griff zu ihm zurück. „Nein, Baby! Du bleibst bei mir! Jetzt gehörst du mir!" Ich bin zu verstört um mich zu wehren. Mein Erlebnis von vorhin muss ich erst verarbeiten. Aber ich lasse ihn. Er zieht mich wieder in die Mitte des Discoraumes. Ein

Block Schmusesongs ist wieder auf dem Programm. Bobby will seinen Orgasmus ausklingen lassen. Mir ist es sehr recht. Ich schmiege mich etwas erschöpft von dem Erlebten an ihn. Er ist jetzt viel fordernder als vorhin. Ich blende alles aus. Der Schock von vorhin sitzt noch tief. Ich brauche Zärtlichkeit, Zuwendung. Also schmuse ich mit ihm und lasse seine Hände machen. Nach einer gefühlten Ewigkeit lässt Bobby endlich locker. Ich kann mich Julie widmen, die schon lange beim Eingang sitzt und von einigen Männern umgeben ist. Ich winke sie nach draußen.

„Puh!" Bobby vereinnahmt mich permanent. Dadurch, dass er aufs Klo muss, kann ich mich für eine Weile loseisen. Ich habe schon befürchtet, dass er mich dorthin mitnehmen will. Aber ich habe mich strikt geweigert! Ich bin ganz böse geworden. Er hat schließlich eingelenkt. „Was ist los? Hast du jetzt etwas mit Bobby?" Julie sieht mich an. „Nein, es hat sich so ergeben. Anfangs bin ich dagesessen und habe lange auf Jack gewartet. Bobby hat mir gesagt, dass er nicht mehr kommen wird. Aber den Grund habe ich nicht erfahren." „Wahrscheinlich sitzt er im Knast!" Äh…? Was sind denn das für Töne? So zynisch kenne ich meine Freundin gar nicht. „Was sagst du da? Wieso behauptest du das?" „Denk nach was hier so los ist. Rockerbanden, Drogen und was weiß ich noch alles! Da kann es schon passieren, dass da einer einmal einsitzt!"

Ich bin schockiert. Solche Umstände kommen in meiner Welt nicht vor. Da gibt es nur brave Leute, die sogenannte ‚heile Welt'. Da bin ich offensichtlich in einem ganz anderen, mir absolut fremden Milieu gelandet! Jetzt ahne ich, warum meine Eltern immer so gegen meinen Umgang mit meiner Freundin sind. Sie haben es geahnt, dass sie mich vielleicht irgendwo hineinziehen wird. Sie fürchten, dass ich abdrifte und vom Wege abkomme. Aber ich bin überzeugt, dass Julie nicht so ist. Jetzt weiß ich auch, warum ich mich nicht so leicht in Sachen Sex auf den letzten Schritt einlasse. Instinktiv spüre ich, dass es nicht richtig ist. Dass ich mich auf keinen Fall auf eine, womöglich nicht ganz legale Umwelt einlassen will, das nicht meiner Erziehung angemessen erscheint. Arrgh!

Trotzdem ist es aufregend mit diesen Kerlen! Sie nehmen dich so, wie du bist. Sie schauen dich nicht abschätzig, oder von oben herab an. Hier kann ich mich geben wie ich bin und nicht, wie es alle von mir erwarten. Ich nenne es Freiheit. Ich will es weiterhin in vollen Zügen genießen. „Woher weißt du das alles?" Ich wundere mich immer wieder, wie locker sie das sieht. Ich staune nur, dass solche Sachen vorkommen. Ich lese Zeitungen, klar! Das passiert nicht in meiner Welt! Jetzt bin ich hautnah dabei! „Na, ich rede mit den anderen! Du knutscht sie nur ab!" Peinlich berührt und krebsrot schaue ich sie an. Dann grinse ich: „Ich genieße es!" „Pass nur auf!", mahnt sie mich.

Bobby ist schon auf der Suche nach mir. „Wo ist sie!", laut rufend, pöbelt er jeden an. Ich sehe, wie einer mit dem Daumen auf mich zeigt. „Da bist du ja! Wieso hast du nicht vor dem Klo auf mich gewartet?!", vorwurfsvoll blickt er mich an. „Ich bin ja da!" „Das nächste Mal sagst du mir, wo du hingehst!" Was soll das? Bin ich jetzt sein Eigentum, oder was? Die Disco ist nicht groß. Man verschwindet nicht so leicht. „Warum glaubst du, dass ich nicht vor dem Klo auf dich warte? Ich habe noch andere Freunde, mit denen ich mich unterhalten möchte! Du hast mich die ganze Zeit in Beschlag genommen. Ich hatte noch keine Gelegenheit mich mit Julie zu unterhalten!" Ich schaue ihn böse an.

„Du bist mit mir zusammen! Da hast du bei mir zu bleiben!" Er schaut auf meine Freundin und beruhigt sich, da es ein Mädchen ist und nicht ein Kerl. Es dämmert mir langsam. Bobby ist eifersüchtig! „Hey! Ich mag dich. Aber du musst mich auch mit meiner Freundin reden lassen.

Mach keine Szene jedes Mal. Ja?" Ich versuche ihn zu beruhigen. Brummend verlangt er einen Kuss. Den gebe ich ihm mitten auf seinen Mund. Dann ziehe ich ihn wieder zur Tanzfläche. Programm: Schmusesongs. Sofort tanzen wir wieder eng umschlungen. Die Umgebung ist ausgeklinkt und wir widmen uns selbst.

Böse Vorahnung

Sarah

Es musste ja einmal so kommen. Meine Mutter nimmt mich ins Kreuzverhör. „Sarah, wo gehst du eigentlich immer hin? Du hast dich verändert! Mit welchen Leuten gibst du dich ab? " „Äh… da sind ganz normale Leute, so wie Julie und ich. Sie sind in unserem Alter…" „Was machen sie beruflich?" Oh Gott! Das weiß ich doch auch nicht! „Wir reden nicht über Berufe, Mama! Wir haben einfach Spaß. Warum fragst du?" „Du erzählst nie etwas in letzter Zeit. Du kommst und gehst. Ich weiß nichts mehr von dir." „Mama, ich komme ja immer bald heim, oder nicht? Bin ich schon einmal später heimgekommen, so wie Silvia?" Ich klinge irgendwie eingeschnappt. Werde ich kontrolliert, oder was?! Meine Schwester kommt routiniert zu spät heim! Dabei ist sie gerade ein Jahr älter als ich! Da wird nicht viel nachgefragt! „Nein. Aber es fällt auf, dass du dich veränderst hast." Da kann sie leider Recht haben. Ich fühle mich verändert. Ich bin rastlos. Meine Mutter ahnt etwas! Ich muss sie beruhigen. Aber wie? „Wie geht es mit deinem Studium voran? Hast du Prüfungen?" „Ja, letzte Woche hatte ich zwei. Bestanden!" Ich umarme sie fest, in der Hoffnung, dass sie mich nicht weiter löchert. „Dein Papa hat mich neulich gefragt, wo du dein Praktikum machen willst. Er möchte es rechtzeitig wissen, damit er es in seiner Kanzlei für den nächsten Sommer organisieren kann." Ich seufze. Noch etwas, das ich erledigen muss…

Sie hat eine ungute Ahnung, worin meine Freizeitbeschäftigung besteht. Ich denke, sie hat mit meinem Vater noch nicht darüber gesprochen. Sonst würde ich Schwierigkeiten haben. Er würde sich lang und breit erkundigen, was das für ein Club ist und wer diese Leute sind. Er bohrt so lange nach, bis er es herausfindet. Er ist der Anwalt in der Familie. Ein verdammt cleverer Anwalt! Himmel! Hoffentlich kommt es nie soweit! Ich bin froh, dass meine Mutter nicht weiter nachfragt. Sie wird glücklich sein, dass die Uni, wie bisher, einwandfrei weiter laufen wird. Natürlich verstärkt sich der Frust zum Lernen mit dem Besuch des Clubs. Das ist mir bewusst. Was den soliden Abschluss angeht, den will ich auch unbedingt. Also stürze ich mich einmal mehr auf meine Unterlagen und lerne, um wieder Bereitschaft zu zeigen. Ich bin nicht umsonst die Tochter meines Vaters, der den Ehrgeiz zum Erfolg innerhalb der Familie besitzt.

Meine Freundin ruft an: „Hi, ich möchte ins ‚Together'! Hast du Lust?" „Natürlich!" Ich schlage mein Buch zusammen und ziehe mich um. Mein soeben neu aufgeflammter Ehrgeiz ist vergessen…

Ein halbe Stunde später sitzen wir wieder mit unserer Cola in der Runde um den Tisch.

Bobby sitzt neben mir. „Lass das!", fauche ich ihn an. Er kann die Hände nicht von mir lassen. „Was hast du?" Er versteht mich nicht. „Ich lasse mich nicht zu einem öffentlichen Sexobjekt machen!" Er lacht. Aber er hat verstanden. Er sitzt den Rest der Zeit brav neben mir. Dennoch verirren sich seine Hände immer wieder in meine Tabuzonen und ich schlage sie automatisch weg. Es wird still um mich. Alles schaut an mir vorbei. Ich drehe mich um. Jack steht hinter mir. „Hallo Süße!" Mein Herz rutscht mir buchstäblich in die Hose! Er beugt sich zu mir hinunter und küsst mich an der Wange. Sofort rücken die Leute um den Tisch zusammen und machen neben mir Platz. Links ist Bobby, rechts ist Jack. Wie peinlich ist das denn jetzt!? Alle starren auf uns. „Was glotzt ihr alle? Ich war nicht so lange weg!", irritiert schaut Jack in die Runde. Sofort sehen alle überall hin, nur nicht zu uns. Zu auffällig! Bobby sagt kein Wort. Auch seine Zugriffe haben aufgehört. „Hast du mich vermisst, Süße?" Jack macht sich an mich heran. „Lass das!", fauche ich ihn ebenfalls an.

Unterdrücktes Gekicher. „Was hast du?" „Ich lasse mich nicht zum öffentlichen Sexobjekt machen!" Er lacht. Aber er hat auch verstanden. Wiederholung…Gelächter…Peinlich! Ich leuchte wie eine rote Ampel…

Jack

Ich bin etwas irritiert. Die Leute benehmen sich auffällig interessiert an mir und Sarah. Ich fühle mich beobachtet. Mein siebter Sinn sagt mir, dass es Ärger gibt. „Habe ich etwas verpasst?" „Nein!", faucht mein Mädchen äußerst böse. Welches Schauspiel wir da abgeben, kann ich nur vermuten. Es ist komisch, das Gefühl des kommenden Ärgers kann ich nicht abschütteln. Ich sehe alle der Reihe nach genau an. „Bobby, hast du ein Problem?" Er schüttelt bedächtig den Kopf. Irgendwas ist da im Busch…

„Sarah, du weißt, dass du zu Hause noch etwas lernen wolltest? Wir sollten jetzt gehen." Irgendwie habe ich das Gefühl, dass Sarah ihrer Freundin äußerst dankbar ist. Sie schnellt wie auf Kommando in die Höhe und klettert hinter uns alle über die Bank hinaus.

„Hey! Hast du nicht etwas vergessen?", schreie ich hinter ihr her. Sie blickt mich hektisch an: „Nein!" und weg ist sie. Julie folgt ihr auf dem Fuße. „Danke, das war knapp!" Äh... Was hat sie gesagt?!

Zwischenfall in der Mensa

Sarah

„Julie ich bin dir ewig dankbar!" „Ich bin gespannt, wie du dich da hinauswindest! Bobby und Jack! Cobra gegen Black Angel! Das kann nicht gut gehen!" Ich bin, dank Julie, pünktlich zum Abendessen zu Hause. „Ist etwas passiert?", meine Mama hat die Antennen ausgefahren. Sie ahnt, dass ich irgendwie durch den Wind bin. „Nein!" Ich esse langsam weiter. Ich möchte dadurch Ruhe ausstrahlen. Es gelingt mir nicht so recht. Ich werde beobachtet…Meine Schwester plaudert indessen ununterbrochen. Wenn alle lachen, lache ich mit. Ich weiß nicht einmal, um was es geht. Meine Gedanken schweifen ständig ab zu Jack. Nimmt er es mir übel, dass ich ihn einfach so habe sitzen lassen? Ich vermisse den Kerl. Endlich stehen alle auf.

„Ich muss noch lernen!", entschuldige ich mich und verziehe mich in mein Zimmer. Wenn ich schon da bin, kann ich mich wirklich mit lernen ablenken. Auch wenn mir viel durch den Kopf geht. Aber ich schaffe es tatsächlich, mich doch noch auf meinen Lernstoff zu konzentrieren. Nach über einer Stunde schaut meine Mutter bei der Tür herein. „Kann ich hereinkommen?" Ich seufze. „Ja, ich bin schon fertig!", und drehe mich zu ihr. Meine Gedanken kreisen sofort wieder um Jack und Bobby. „Was ist los mit dir? Ich habe gemerkt, dass du etwas auf dem Herzen hast! Kann ich dir nicht helfen?", meine Mama schaut mich forsch an. Ich denke, es kann nicht schaden, etwas von den Problemen los zu werden.

„Äh... ich habe da wen kennengelernt!" Aha... zeigt die Miene meiner Mutter. Gespannt lehnt sie sich vor. „Na ja, anfangs lief es mit dem einen so gut. Dann ist er einfach verschwunden. Der andere steht auch schon lange auf mich und hat die Gelegenheit genutzt und hat mich angesprochen und weil der andere nicht da war, habe ich mich auf ihn eingelassen." „Ja, wo liegt jetzt das Problem?", meine ahnungslose Mutter ist voller Verständnis. „Der Erste ist plötzlich wieder da!" „Und?" Ich muss mir in Erinnerung rufen, dass sie ja nicht weiß, von was für einer Sorte Leute ich spreche. „Ich mag beide. Aber der Erste weiß nichts vom Zweiten!" „Wen magst du lieber?" „Das weiß ich auch nicht!" Jetzt bin ich es, die ratlos ist. Ich weiß es wirklich nicht. Jack oder Bobby? Beides Rocker. Ohnehin nichts für mich, genau genommen…„Ja, wenn du nicht weißt, wen du lieber hast, dann lass es auf dich zukommen!" Oh mein Gott! Die Katastrophe ist vorprogrammiert! Ich werde mich nicht mehr im Club anschauen lassen können! Am liebsten verkrieche ich mich daheim und gehe nur mehr zu meinen Vorlesungen.

„Wie heißen die beiden überhaupt?" „Jack und Bobby!", rutscht es mir gedankenlos heraus. „Nun ja, keine gewöhnlichen Namen." „Nein, es sind

Spitznamen, Mama!" Sie ahnt tatsächlich nicht einmal, auf wen ihre Tochter sich da eingelassen hat! „Okay, Schatz! Halt mich auf dem Laufenden, wie es weiter geht und wenn ich dir helfen kann!" Irgendwie bin ich meiner Mutter ja dankbar. Die Sorgen laut auszusprechen entlastet enorm. Auch wenn sie noch lange nicht gelöst sind.

Ich gehe mittags in die Mensa. Ich treffe Julie mit einem leeren Tablett an der Theke. „Julie gestern habe ich mit meiner Mama über mein Dilemma geredet." „Du hast was!?" Sie ist perplex. Sie kennt die Vorbehalte meiner Eltern. Da gibt es nur gute und schlechte Menschen und nur die guten sind gut genug für ihre Töchter. „Na ja, sie hat etwas gewittert. Ich war ja durch den Wind gestern. Ich hab ihr nur erzählt, dass ich da zwei Männer kenne und mich nicht zwischen den beiden entscheiden kann." „Okay, klingt harmlos. Aber du weißt, welches Chaos da im Club ausbricht, sollte da jemand plaudern und ich kann mir nicht vorstellen, dass da nicht geplaudert wird!" „Ich glaube, wir gehen da nicht mehr hin!? Was denkst du?" Julie schaut mich an: „Ich denke, dass es das Beste ist! Wer weiß wo wir da hineingezogen werden!"

Julie und ich entscheiden uns für Hirschbraten und Semmelknödel. Ich greife noch zu einem Vanillepudding und wir nehmen noch Getränke mit auf das Tablett. Gemeinsam entscheiden wir uns für einen Tisch, an dem Studienkollegen von uns beiden sitzen. Wir unterhalten uns noch leise neben einander. Bis wir von einem Studenten neben mir unterbrochen werden. „Hi, du bist Sarah, nicht wahr?" Ich nicke lächelnd. „Ich bin Cody! Bist du auch von den Archäologen?" „Nein, ich bin von den Juristen!" Er grinst. „Darf ich dich heute noch zu einem Drink einladen?"

Bevor ich noch erfreut zusagen kann, legt sich ein großer Schatten über uns. „MEINE Freundin geht nicht mit dir auf einen Drink!" Scheiße! Jack!

„Was machst DU denn hier?" Ich sehe ihn entgeistert an. Stalkt er mich etwa?! Ich stehe auf, bevor er sich selbst gewaltsam Platz neben mir verschafft. „Verfolgst du mich etwa?" Ich werde wütend. Er sieht mich an und streckt schon seine Arme nach mir aus. Ich schlage sie zornig weg. Unsere Blicke duellieren sich böse, aber er weicht einen Schritt zurück.

Jack

„Was ist los mit dir? Gestern bist du einfach davon gerannt. Heute schlägst du mich?" Ich sehe mich um. „Was machst du überhaupt hier?" „Zufällig studiere ich hier. Jack du kannst mir einfach nicht nachlaufen! Ich habe auch ein eigenes Leben!" Sarah ist eindeutig verstimmt. Scheiße, sie führt ein Doppelleben! „Hast du einen anderen?" Mir ist schlecht. Ich sehe sie nur an. Sie wirkt ganz klein. Sie ist weiß wie die

Wand. „Nein! Wo denkst du hin?" „Du hast dich gerade zu einem Drink einladen lassen!" „Da ist doch nichts dabei!", schreit sie mich an. Es ist ganz still geworden. Wir werden beobachtet. Ein Kumpel von meinem Studiengang tritt hinter mich. „Jack! Komm! Lass sie los!" Ich habe gar nicht bemerkt, dass ich sie fest am Oberarm gepackt hatte. Augenblicklich lasse ich sie frei. Mein Kumpel zieht mich weg. Kopfschüttelnd lasse ich es zu…

Sarah

„Mein Gott! Jack ist verrückt geworden!" Julie spricht aus, was ich mir soeben auch gedacht habe. Sie drückt mich zurück auf meinen Sessel. Automatisch nehme ich mein Besteck zur Hand und starre auf meinen Teller. „Ich wusste nicht, dass du vergeben bist." Ich drehe mich zu Cody um. „Er glaubt mein Freund zu sein!" Ich bin noch immer unglaublich aufgewühlt. Meine Augen funkeln. Das angestaute Adrenalin lässt mich innerlich beben. Langsam, aber nur langsam beruhige ich mich wieder. „Dennoch möchte ich dein Angebot gerne annehmen!" „Glaubst du, dass das ein guter Gedanke ist?" Zweifelnd sieht Cody mich an. „Aber ja!" „Na dann! Gehen wir zur Uni Bar!" „Bist du sicher?" Julie sieht mich bedeutungsvoll an. Ich sehe weg und stehe auf.

Cody und ich bestellen uns zwei Aperitifs. Er ist ein angenehmer Zeitgenosse. Sehr erfrischend nach so viel erdrückendem Testosteron im ‚Together'. Wir lachen sehr viel über Anekdoten aus unseren Studiengängen. Er ist lustig und unterhaltsam. Er ist so ganz anders. Wir unterhalten uns auf gleicher Ebene. Er macht mich nicht an. Er betatscht mich nicht. Er redet einfach mit mir über dieses und jenes. Nach einer Weile gesellt sich Julie mit einem anderen Studenten zu uns. Wir albern viel herum, bis wir uns trennen müssen. Ich lächle in mich hinein. Warum gebe ich mich eigentlich mit den Rockern ab, wenn ich mit den Jungs von hier mehr Spaß haben kann? So unbeschwert habe ich mich schon lange nicht mehr gefühlt. Vielleicht bin ich unter falsche Leute geraten? Nein! Ach was soll's! Ich seufze resigniert. Ich werde mich Jack und Bobby stellen.

Noch ahne ich nicht, was da auf mich zukommt...

Vergeltung

Jack

Heute gehe ich wieder in den Club. Ich bin sehr
verärgert. Timo und Charlie haben mir erzählt,
wie Bobby mit Sarah herumgemacht hat. Aber ob
sie auch Sex hatten, wissen sie nicht. Sie ist mit
ihm draußen gewesen und er hat sich vor ihr einen
heruntergeholt. Das kann ich nicht tolerieren!
Außerdem hat mich die Situation gestern auf der
Uni maßlos geärgert. Ich bin megafrustriert. Aber
diesen Vorfall stecke ich vorerst weg. Auch wenn
ich beobachtet habe, dass sie mit diesem Burschen
zu Uni Bar gegangen ist. Aber Bobby und auch
Sarah brauchen einen Denkzettel. Die beiden sind
auf Tuchfühlung gegangen! Scheiße, was geht da
vor? Die Ehre der Cobras und auch meine Ehre
sind besudelt! Sarah gehört zu mir! Ich werde
mich um sie kümmern! Ich werde sie einlullen
und dann zuschlagen. Ich habe mit Timo und
Charlie schon vereinbart, wie wir es machen

werden. Es wird hart, aber es muss sein! Bobby wird sich in einem Zweikampf mit mir stellen müssen. Er hätte sich nicht an ein Mädchen der Cobras heranmachen sollen! Vielleicht kommt sie ja heute.

Bobby ist schon da. Ich winke meinen Kumpels. Wir werden uns zuerst mit ihm befassen. Ich gehe schon einmal in den Hof hinaus. Ich zünde mir eine Zigarette an. Der blaue Dunst beruhigt meine aufgepeitschten Nerven. Zug um Zug inhaliere ich tief den Tabak, bis sie mir Bobby bringen. In einer lichtarmen Seitengasse stehen wir uns gegenüber. „Was hast du mir zu sagen?", frage ich Bobby. „Ich habe dein Mädchen angemacht. Tut mir wirklich leid. Ich dachte, dass es zwischen euch aus ist! Sie war alleine und hat sich mir an den Hals geworfen!" Bobby weiß, wie die Gesetze bei uns sind. „Aber du weißt, dass es nicht so ist, wie es ausgesehen hat?" „Ja und ich akzeptiere die Konsequenzen. Ein Kampf zwischen den Kontrahenten. Der Sieger möge die Braut bekommen!" „Genauso ist es!" Ich sehe mich um und erwarte Einspruch. Meine Männer stehen um uns und bilden eine undurchdringliche Mauer. Allgemein gemurmelte Zustimmung. Es kann losgehen.

Ich schätze meinen Gegner ab. Ich habe noch nie gegen Bobby gekämpft. Wenn wir nicht in unterschiedlichen Gangs wären, könnten wir Freunde sein. Ich schätze ihn. Aber er ist der Mann, der mein Mädchen angemacht hat. Das kann und will ich nicht tolerieren. Ich weiche blitzschnell vor dem ersten Haken mit der linken Faust aus und kontere mit meiner rechten Faust. Ich treffe ihn voll auf die linke Schläfe. Er taumelt rückwärts und schüttelt sich den Kopf. Ein kleines Blutrinnsal entlang seiner Schläfe rinnt ihm die Wange über den Hals hinab. Sofort lande ich mit der linken Faust auf seine rechte Seite und verfehle knapp sein Auge. Er taumelt und fällt ächzend zu Boden. Das war schnell. Bobby liegt blutend auf dem Asphalt. Er rührt sich nicht. Ich beuge mich über ihn und sehe nach. Er ist bewusstlos. Verdammt! „Ruft die Rettung! Sofort." Dann entlasse ich alle und bleibe solange, bis der Rettungswagen neben uns stehen bleibt. Ich fahre nicht mit. Ich kann nichts weiter für ihn tun.

Jetzt ist Sarah dran...

Sarah

„Hast du es dir gut überlegt?" Julie und ich telefonieren. „Ja, ich möchte heute da hin. Was soll schon passieren!" Ich bin sorglos. Ich habe absolut keine Vorstellung, was auf mich zukommen würde. Etwas mulmig ist mir schon. Keine Ahnung was mich erwartet. Wir sind gleich nach Mittag in den Club. Auffallend viele Leute sind da. „Hallo Süße!" Jack umarmt mich von hinten und ich schmiege mich in seine muskulösen Arme. Er dreht mich zu sich herum und küsst mich leidenschaftlich auf den Mund. „Ich muss zu unserem Standort und du kommst mit!" Seine Ansage lässt mir keine Wahlmöglichkeit. „Wo ist das?" Er nennt mir einen Ort, von dem ich noch nie gehört habe. „Wie kommen wir dahin?" „Mit meinem Bike!" „Ach, ich weiß nicht! Ich habe nicht viel Zeit!", zögere ich. „Wie lange geht es?" „Ich muss um sechs wieder zu Hause sein! Ich habe noch zu lernen!" „Da sind wir längst wieder da!"

Ich habe keine passablen Ausreden. Ich winde mich aus seiner Umarmung und drehe mich um. Wir sind umzingelt von seinen Männern! Warum nur? Was machen die alle da? Ich habe keine Chance da weg zu kommen. Als hätten sie Order, mich nicht weg zu lassen! Ich argwöhne Schlimmes! Jack schnappt mich fest bei der Hand und zieht mich mit schnellem Schritt nach draußen auf den Parkplatz. Ein Motorrad nach dem anderen ist in einer Reihe aufgestellt. „Ich kann nicht mit. Ich habe keinen Helm!" Ich bekomme Panik. Mein Herz rast. „Kein Problem Süße!" Wo hat er den nur herbeigezaubert? Bevor ich mich wehren kann, habe ich einen auf dem Kopf. Er zurrt den Gurt unter meinem Kinn fest und steigt auf. Sofort zieht er mich hinter sich. Ich klammere meine Arme fest um seine Mitte. Ich möchte am liebsten abspringen. Hilfe! Ich habe Bauchweh! Fast zeitgleich röhren die Motoren. Ein ohrenbetäubender Lärm hallt durch die hohen Mauern der Häuser. Ich hasse Lärm dieser Art. Aber ich habe keine Chance.

Es geht los. Jack ist mit mir voran. Ich zittere vor Angst. Julie! Ich sehe sie beim Vorbeifahren auf einem Motorrad sitzen. Sie winkt mir. Ich bin nicht ganz alleine! Ich versuche meine Atmung ruhig zu halten. Verkrampft klammere ich mich an Jack fest. Ich bin noch nie auf einem Motorrad mitgefahren. Meine Angst steigt ins Unermessliche. Ich klammere mich angespannt um seine Mitte, um ja nicht runter zu fallen. Was hat er mit mir vor? Bald sind wir an dem Ort, den

Jack mir genannt hat. Er stellt sein Bike ab und hilft mir runter, hält mich fest, bis ich wieder sicher auf meinen wackeligen Beinen stehe und nimmt mir den Helm ab.

Mir ist schlecht. Er schaut mich lange und nachdenklich an. „Süße, ist dir nicht gut? Du bist ja käseweiß!" Er küsst mich vorsichtig auf die Lippen. Ich denke, er will mir wieder Leben einhauchen. Wie süß von ihm. Aber es gelingt ihm nicht, mich vollends zu beruhigen. Die ganze Gang ist da. Der Lärm ist abgeklungen und alle Kerle bilden einen Kreis um uns herum. Die Stille ist ohrenbetäubend. Jack fängt an zu reden. Seine, noch eben fürsorgliche Stimme ist jetzt knallhart: „Cobras! Ihr wisst weshalb wir hier sind?" „Ja!", einheitlich, mit kräftiger Stimme, antworten die Männer. Jetzt fällt mir auf, dass Julie und ich die einzigen Mädchen sind. Jack wendet sich mir zu. „Du hast dich auf Bobby eingelassen! Bobby ist von den Black Angels! Was hast du dazu zu sagen?" Groß und stark ragt er über mir auf. Seine muskulösen Arme sind vor seiner Brust verschränkt. Seine Beine sind gespreizt. Furchterregend...dennoch geil…

Angsterfüllt ahne ich, dass es nicht ungeahndet ausgehen wird. „Ich... äh... ich...", fange ich an zu stottern. „Du warst so lange nicht da!", schießt es aus mir heraus. Bedrohlich sieht er mich an. „Ich...ich habe mich... äh...nach dir gesehnt. Er hat sich um mich gekümmert. Aber da war nichts.", stottere ich. Aber ich blicke ihm fest in die Augen. Irgendwie ist es ja die Wahrheit. Meine Wahrheit. Er schweigt. Er sieht mir, ohne einer erkennbaren Gefühlsregung, in die Augen. Ich schrumpfe. Was kommt jetzt? Ich habe fürchterliche Angst. „Da du keine Ahnung von uns hast, werde ich deine Strafe abmildern." Strafe? Wieso? Was soll das?! Er wendet sich in die Runde und dann zu mir: „Männer ich verkünde das Urteil: Ich gebe ihr zwanzig Hiebe mit der Hand auf den Arsch und du zählst mit! Wir fangen wieder von vorne an, wenn du vergisst weiter zu zählen!" Er zeigt mit dem Zeigefinger bedrohlich auf mich. Ich bin entsetzt. Das darf doch nicht wahr sein! Er will mich versohlen! Ich bin doch kein kleines Kind das übers Knie gelegt werden muss! Ich nehme Abstand von Jack. Er greift sofort nach meinen Arm. Irgendjemand hat einen Baumstumpf in die Mitte des Männerkreises gestellt. Er setzt sich hin. Was soll das! Will er mich vor den Männern demütigen?!

Jack

Jetzt ist Sarah an der Reihe. Bobby ist im Krankenhaus. Ich habe ihn in einem ehrlichen Kampf um das Mädchen geschlagen. Er wird dicht halten. Es wird keine Probleme bei der Polizei geben. Rockerehre. Und was das Wichtigste ist, er wird sich nicht mehr an meinem Mädchen vergreifen. Sie gehört jetzt ein für alle Mal mir! Ich spüre ihre Angst. Sie sieht unschuldig und verängstigt aus. Aber sie hat es offenbar faustdick hinter den Ohren! Ich bin mir nicht einmal mehr so sicher, ob sie wirklich noch Jungfrau ist, wie sie mich glauben hat lassen. Wir werden sehen. Ich muss ein Exempel an ihr setzen. Ich werde sie endlich ficken. Dann ist sie endgültig mein. Darauf freue ich mich schon. Aber vorerst muss ich sie auf meinen Schoß legen und sie versohlen. Ihr Arsch wird feurig sein, wenn ich mit ihr fertig bin. Ob sie durchhält? „Ich warte! Ziehe deine Hose aus und lege dich über meine Oberschenkel!"

Sarah

„Nein!", entsetzt weigere ich mich. Ich stolpere zurück, um gleich darauf an einen harten Männerkörper zu stoßen. Die Körper der Cobras bilden eine undurchdringliche Mauer! Ich habe keine Chance auf Flucht. Ich suche nach Julie. Sie steht außerhalb dieses Kreises. Sie ist starr vor Entsetzen! „Sarah!" Jack ruft nach mir! Ich drehe mich nach ihm um. Ich weiß, dass ich keine Chance habe, dies zu umgehen. Ich weiß, es ist besser, es so schnell wie möglich hinter mich zu bringen. Angstvoll und widerwillig gehe ich wieder auf ihn zu. Breitbeinig und ernst auf dem Holz sitzend, erwartet mich Jack. Geduldig streckt er seine Hand nach mir aus. Zögernd reiche ich ihm meine Hand. Sanft zieht er mich zu sich und zieht meinen Reißverschluss auf und entledigt mich meiner Jeans und meines Slips. Ich schließe schamrot die Augen. Ich schäme mich furchtbar, weil ich nackt vor den Männern ausharren muss. Mein Widerstand ist gebrochen. Ich habe kapituliert. Mein Verstand schaltet sich weg. Ich sehe mich hier, als wäre es nicht ich. Wie kann ich nur in so ein Dilemma geraten? Himmel hilf mir...

Er drapiert mich langsam auf seine Oberschenkel und legt seine warme Hand auf meine Pobacken.

Die andere fixiert mich am Nacken. Ich habe keine Möglichkeit mehr, mich zu wehren. Ich habe aufgegeben. Ich schluchze auf. Ich schäme mich so und versuche meine Umgebung auszublenden, was schier unmöglich ist. Ich habe die Augen noch immer fest geschlossen. „Beruhige dich! Es geht vorbei.", Jack meint es offensichtlich gut mit mir. Warum tut er mir das an? Er kann nicht anders. Seine verdammte Rockerehre! Ich bereue es so sehr, mich auf Bobby eingelassen zu haben! Meine Tränen fließen ungehindert zu Boden. „Halte dich an meinen Beinen fest. Es geht los! Zähl!"

Seine Hand berührt mit einem leisen Schlag meine rechte Pohälfte. „Eins!" Der erste Klaps war nicht so schlimm. Die nächsten drei Schläge sind erträglich. Er wartet immer zwischendurch, dass ich zähle. Was ich auch tue. Mein Stolz leidet mehr als mein Po. Seine Hand streift über meine Arschbacken. Es erregt mich. Meine Muschi wird nass. Ich glaube es einfach nicht! Klatsch! „Au!

fünf!" Der Hieb hat gesessen! Die nächsten drei sind auch sehr heftig. Aber ich zähle noch brav mit. Jetzt streifen seine Finger fordernd meine Vagina. Er prüft mich! Das ist nicht zu glauben! Er kann mich doch nicht vor versammelter Bande so anfassen! Ich winde mich. Die Hand hält mich nieder. „Halt still!" Ich schreie. Eine Abfolge von mehreren fiesen Schlägen treffen abwechselnd meine beiden Pohälften! Das Gefühl der Erniedrigung vor allen seinen Leuten lässt nach. Ich habe andere Probleme. Die Hiebe tun weh! Meine Tränen rinnen ungehindert über meine Wangen auf den Boden! Meine Stimme ist heiser. Lange halte ich nicht mehr durch. Ich muss schon glühend rot sein. Ich mache mir Sorgen wegen zu Hause! Ich kann sicher nicht mehr ohne Schmerzen sitzen! Ich kann nicht mehr. Aber es ist bald zu Ende...

Ich sehe nichts mehr vor lauter Tränen. Der vorletzte Schlag. Ich kriege mich nicht mehr ein. Ich schreie ohne aufzuhören. Er wartet bis ich mich wieder beruhige. „Zähl!" „Neunzehn!" Der letzte Schlag sitzt wieder so fest, dass ich nur mehr zusammen zucke. Ich kann nicht mehr schreien. Ich bin so schwach. Leise flüstere ich: „Zwanzig!" Er streichelt meinen Hintern. Ich lasse kraftlos meinen Kopf hängen. Die Demütigung ist groß. Dennoch richten mich seine Worte wieder etwas auf. „Du hast dich wunderbar gehalten! Du warst echt gut! Wir sind stolz auf dich!" Wir?! Was soll das! Ich pfeife auf das wir!

Aber die Streicheleinheiten auf meinem Arsch sind mehr als angenehm. Ich recke mich dem entgegen. Ich höre leises Gelächter. Sofort versteife ich mich. Ich will auf und meine Hose anziehen! Aber ich habe das Gefühl, dass ich es nicht alleine schaffe. Dann spüre ich, dass ich hochgehoben werde. Jack wirft mich über die Schulter und trägt mich irgendwohin. Ich bin hilflos. Ich kann mich nicht wehren. Also füge ich mich. Ich bemühe mich gar nicht erst aufzuschauen. Ich bin nicht heiß darauf, die belustigten Blicke der anderen zu sehen. Jack trägt mich wie einen Mehlsack in das Haus und legt mich vorsichtig auf ein Bett. Ich bleibe erschöpft liegen. „Ich muss dich ficken. Ich habe Anspruch auf dich erhoben. Meine Männer erwarten das!", klärt er mich auf. „Nein!" Meine lahm gelegten Gehirnzellen fangen an zu arbeiten. „Nein!" Ich versuche mich jammernd zu erheben. „Langsam, Süße! Wir sind noch nicht fertig! Du willst es auch. Ich habe gemerkt, dass deine Muschi klatschnass geworden ist. Die Geilheit ist dir aus deiner Vagina rausgeronnen!" Jack grinst mich zufrieden an. Entgeistert starre ich ihn an. Seine derbe Sprache bin ich nicht gewöhnt.

Meinem Körper gefällt diese schmutzige Sprache. Ich bin wirklich geil. Aber ich habe es noch nie gemacht. Angst dominiert meinen Verstand. Mein Körper ist bereit. Mein Körper hat sich längst von meinem Verstand verabschiedet. Jack fängt an, mich zu streicheln. Ich wimmere. Ich wehre mich noch immer. Mein Arsch brennt wie Feuer! „Lass es zu! Du willst es! Konzentriere dich auf deinen Körper!", flüstert er mir ins Ohr. Er hat gut reden! Es sind ja nicht seine Schmerzen. Die Hände streicheln mich überall. Ich stöhne leise. Ich will nicht, dass mich die da draußen hören können. „Lass dich fallen!" Jack schiebt mir einen Finger in meine Vagina. Er penetriert mich sanft. Ich genieße es. Es ist nicht das erste Mal, dass er mich so tief berührt. Ein angenehmes Kribbeln erfüllt meine unteren Regionen. Ich entspanne mich. „Ja, du willst es! Genieße es!" Er küsst mich auf die Lippen. Ich lasse ihn in meine Mundhöhle hinein. Währenddessen lässt er nicht mehr von mir ab und treibt meine Gefühle immer weiter. Die fahren sowieso gerade Achterbahn...

Ein zweiter Finger hat sich dazugesellt. Es wird immer besser. Immer geiler. Mein Becken zuckt seinen Fingern entgegen.

Jack

Jetzt weiß ich es sicher. Ich spüre die Barriere in ihr. Sie ist noch Jungfrau. Mein Gewissen meldet sich. Es sollte beim ersten Mal anders sein. Aber ich kann mich nicht zurückziehen. Die Mannschaft da draußen erwartet es von mir. Ihr Arsch ist flammend rot...ein heißer, geiler Anblick. Wenn sie mich nachher noch will, werde ich ihr den Arsch so oft ich will versohlen. Ihr Zucken, wenn ich sie an der Klitoris berühre, törnt mich an. Am liebsten würde ich ihr meinen harten Schwanz sofort hineinstoßen und sie hart ficken. Aber ich will es ihr, trotz der widrigen Umstände, schön machen. Noch bin ich dabei, sie für mich bereit zu machen, indem ich sie mit den Fingern für meinen großen Schwanz dehne. Er ist nicht gerade klein. Voll erigiert hat er schon manches Mal Probleme gehabt, in eine Muschi hinein zu gelangen. Jetzt konzentriere ich mich auf die wundervolle Enge von Sarah. „Ja genauso! Du hast eine geile Muschi! Bald schiebe ich dir meinen Schwanz in deine jungfräuliche Muschi hinein. Es wird dir gefallen!" Sie windet sich unter mir. Sie wimmert. Ich bin voll geil. Ich kann es gar nicht mehr erwarten in sie zu stoßen.

Sarah

Sein schmutziges Gerede sickert in mich hinein. Mein Verstand ist pikiert. Diese obszönen Worte sind in meinem normalen Wortschatz nicht vorhanden! Dennoch! Mein Körper genießt es in vollen Zügen. Der Schmerz auf meinem Arsch hat sich verändert. Ich spüre, dass ich mehr als nass bin. Ich bin geil. Ich habe voll Lust auf Jack. Ich müsste schreien, wenn er mich jetzt alleine ließe! Ich weiß nicht wirklich, auf was ich mich da einlasse. Ich wimmere und stöhne immer lauter. Mein Becken bockt seinen fickenden Fingern immer heftiger entgegen. Ich will es! Ja! Ja zeig es mir! Komm! „Sag mir, was du willst!", fordert

er mich auf. „Mach es! Bitte mach es endlich!",
bettle ich. „Was willst du Süße? Du musst es mir
sagen! Sag es!" „Steck dein Ding in mich hinein!
Ich will es! Tu es! Bitte! Jetzt!", schreie ich ihn
voller Verzweiflung an. Ich zucke seinen Stößen
energischer entgegen. Ich bin sowas von geil. Es
ist mir so was von egal, wenn ein Rocker der Erste
ist…

Dann legt sich Jack über mich. Er hat seinen Penis
in Position gebracht. Ich spüre seine dicke Eichel
in meiner Mitte. Es ist ein eigenartiges Gefühl.
Die Haut ist zart wie ein Baby Popo. Jack hat mich
am Fluss zu einem grandiosen Orgasmus
getrieben. Jetzt hat er mich so angetörnt, so
verrückt gemacht, dass ich alles, wirklich alles,
mit mir anstellen ließe. Ich hebe verlangend meine
Hüfte. Er lacht leise. Aber ich merke, dass er auch
zittert. Ist es anstrengend für ihn? Ich glaube, er
hält sich zurück. Er will es gut für mich machen,
aber ich habe Angst. Plötzlich stößt er zu und
rammt seine ganze Länge in mich hinein. Ich

schreie auf. Er zerreißt mich! Der Schmerz ist grell. Ich sehe nur rot. Ich muss aufpassen, dass ich meine Sinne nicht verliere! Ich schreie meine Pein hinaus!

„Sch, sch. Es ist gleich vorbei." Beruhigend streichelt er mein Gesicht. Er küsst mich immer wieder. Überall. Er streicht meine verschwitzten nassen Haare von meinen tränennassen Wangen weg. Ich habe die Augen fest verschlossen. Es tut so weh! Ich dränge mich schutzbedürftig in den muskulösen Oberkörper hinein, um den Schmerz auszuhalten. Er hält mich im Nacken fest und presst mein Gesicht an seine Brust. Sein Geruch und die Körperwärme beruhigen mich einigermaßen. „Atme ruhig ein und aus. Gleich ist alles vorbei! Es wird gut werden. Vertrau mir!" Jack hält sich ganz ruhig in mir. Allmählich ebbt der Schmerz ab. An seiner Stelle setzt das Gefühl der Erleichterung ein. Ich will, dass er sich bewegt. Ich beuge ihm leicht mein Becken entgegen. Er bemerkt es an der Reibung und fängt an, leise zu stoßen. Langsam...

Ich will mehr. Fahrig bewegen sich meine Hände über seinen Körper und ich kralle mich an seiner Hüfte fest. Mittlerweile ist Jack nicht mehr so sanft. Seine harten Stöße bringen mich zum Wimmern. Die peinigenden Schmerzen sind weg. Meine Geilheit lässt mich erschaudern und vor Lust stöhnen! Seine Finger reiben einen Punkt in mir, der mich winseln lässt. In großen Wellen bringt es mich näher, immer näher. Dann überschlagen sich die Gefühle der Ekstase. Meine Muskeln kontrahieren heftig um seinen dicken Schwanz, was Jack sich mit einem rauen Schrei aufbäumen lässt und er entlädt sich tief in mir. Ich spüre, wie das heiße Sperma pulsierend in mich hinein spritzt. Es scheint lange kein Ende zu nehmen. Es ist unglaublich...Nach ein paar beruhigenden, ausklingenden und derben Stößen sackt er über mir zusammen. Er lässt sich auf die Seite fallen und zieht mich fest an sich. Wir bleiben einige Minuten so liegen. Jeder in seinen Gedanken. Meine Gefühlswelt ist durcheinander geraten. Mein erstes Mal war sehr... Wow! Ich habe es nicht geahnt, dass es so unbeschreiblich werden wird.

Mannomann. Ich kann es noch immer nicht fassen...

Dann setzt mein Verstand ein. Ich muss nach Hause! „Jack ich muss nach Hause! Wie spät ist es?" „Ich weiß es nicht! Hey Kumpel wie spät ist es?" Ein Mann seiner Rockerbande schaut herein und grinst anzüglich. Erschreckt will ich meine Blöße bedecken. Ich schlage um mich und treffe Jack auf die Nase. Knurrend hält Jack meine Arme fest. Ich fühle mich wie auf dem Präsentierteller! Peinlich berührt und resigniert presse ich meine Augen zu. „Halb sechs!" Oh nein! Meine Mutter macht sich Sorgen, wenn ich nicht pünktlich da bin! Ich habe es ihr gesagt, dass ich um diese Zeit nach Hause komme. Ich bin immer pünktlich! Ich hüpfe auf und ziehe mich in Windeseile an. Ich rüttle an Jacks Schultern und dränge ihn aufzustehen. Brummend erhebt er sich. Ich laufe hinaus und halte Ausschau nach Julie. „Sarah, es tut mir so schrecklich leid! ich konnte nichts tun! Sie haben mich festgehalten und mich gezwungen zuzuschauen! Was hat er dir da drinnen angetan?" Ich tätschle ihre Schulter: „Wir reden morgen darüber, okay? Wir müssen heim. Ich komme sonst zu spät. Du weißt, wie meine Mutter ist!" Julie sieht mich noch immer schuldbewusst an. Ihre Augen sind voller Qual. Beruhigend nehme ich sie in die Arme und streichle über ihren Rücken: „Alles gut, alles gut." Seufzend lässt sie sich in meine Arme ziehen. Ihr Schock ist ebenso groß, wie meiner gewesen ist.

Ich drehe mich um und sehe Jack entgegen. E setzt mir den Helm auf und zieht mich aufs Motorrad. Aua…! Aua…! Mein malträtierter Arsch brennt wie Feuer! Aber ich muss die Zähne zusammen beißen. Während der Fahrt sind die

Schmerzen kaum auszuhalten. Ich weiß nicht, ob es vom Versohlen kommt, oder vom ersten Mal. Vermutlich von beidem. Ich spüre jedes Rumpeln auf der unebenen Bahn! Immer wieder versuche ich ein kleines bisschen meine Arschbacken zu entlasten. „Halt still!" Er setzt mich in der Nähe meines Wohnhauses ab. Ich habe mich strikt geweigert, ihm genau zu sagen, wo ich wohne. Das geht ihn nichts an.

Punkt sechs Uhr läute ich an.

Was wäre, wenn...

Sarah

„Da bist du ja, Schatz! Wir essen gleich!" Sie sieht mich erschrocken an: „Sarah was ist passiert?! Was hast du?" „Nichts!", wiegle ich ab. Panik überkommt mich. Ich ziehe meine Schuhe und meine Jacke aus. Um Zeit zu schinden, gehe ich noch ins Badezimmer um meine Hände zu waschen. Sorgfältig mache ich die Tür zu und schließe ab. Entgeistert schaue ich mich im Spiegel an. Meine Augen gleichen einem Waschbären! Meine Haare sind total zerzaust! Ich habe rot verweinte Augen und mein Gesicht ist fleckig. Oh…Mein…Gott….!!! Ich ziehe mich aus und betrachte kurz meinen Körper. Er ist nicht anders. Aber mein Hintern! Er ist knallrot. Aber den kann niemand sehen, wenn ich angezogen bin. Ich fange an, mich zu waschen. Der Geruch nach Sex muss weg! Immer wieder entdecke ich blaue Flecken. Dort wo Jack mich härter angefasst hat, sehe ich seine Male. Meine Mama hat sich sicher ihre Gedanken gemacht, so verheult wie ich bei der Tür reingekommen bin! Wie wird erst Papa reagieren? Scheiße! In Windeseile dusche ich mich. Dann versuche ich mein Gesicht mit Make Up abzudecken. Ich schminke mich dezent. Ja, so wird es gehen! Ich schlinge mir ein großes Handtuch um meinen malträtierten Körper und vergrabe meine getragene Wäsche in den Wäschekorb. Das aus meiner Vagina ausgelaufene Sperma von Jack und etwas Blut ist in meine Unterhose gesickert und schon längst eingetrocknet. Schnell verstecke ich sie unter der anderen Schmutzwäsche. Darum kümmere ich mich später. Dann eile ich unbemerkt von den anderen in mein Zimmer.

„Kommst du?" „Komme gleich!" In frischer Kleidung setze ich mich vorsichtig an den Tisch. Meinen Hintern werde ich noch länger spüren. Vielleicht sollte ich mir heute noch eine Salbe draufschmieren? „Was war heute los bei euch allen?" Normalerweise genieße ich diese Fragerunde. Wir erzählen immer unsere Tageserlebnisse. Es ist ein schönes Gefühl, das ich immer wieder genieße. Aber heute ist es nicht so toll. Als ich an der Reihe bin, stottere ich irgendetwas zusammen. Ich kann nichts erzählen, was in Ordnung wäre. Meine Mama sieht mich schweigend an. Papa und meine Schwester sind so mit sich selbst beschäftigt, dass sie meine Verlegenheit nicht im besonderen Maße bemerken.

Meine Mutter folgt mir bald in mein Zimmer nach. „Darf ich mich zu dir setzen?" „Natürlich Mama! Was gibt es?" Ich versuche nett zu sein. Mir ist gar nicht nach nett zumute. Mein Arsch brennt. Arrgh! Vorsichtig setze ich mich aufs Bett. Leise stöhne ich auf. „Was ist los mit dir? Hast du Schmerzen?" „Ich bin auf der Treppe ausgerutscht und auf meinen Hintern gefallen. Der tut weh!" „Lass mich mal sehen!" „Oh nein! Meinen Hintern brauchst du nicht anzuschauen!

Aber hast du eine Heilsalbe? Dann könnte ich die Prellungen etwas lindern." „Mit solchen Sachen soll man nicht sorglos umgehen. Wenn es morgen auch noch so wehtut, musst du dir das anschauen lassen! ich bringe dir nachher eine Salbe!" „Danke Mama!" „Übrigens, was macht dein Liebesleben? Hast du dich für einen Mann entscheiden können?" Ich verschlucke mich fast an meiner Spucke. „Was?!" Dann fällt es mir wieder ein. „Ja, für Jack." „Wenn du willst, kannst du ja den jungen Mann einmal mitnehmen!? Ich bin neugierig auf den Freund meiner Tochter!" Wenn die wüsste, was für ein Freund das ist! „Äh, ich glaube nicht, dass er jetzt schon kommen will. Heutzutage geht das nicht so schnell!", versuche ich mich herauszureden. „Ok. War nur ein Vorschlag!", etwas enttäuscht geht sie hinaus und bringt mir die Salbe. Ich stehe auf, umarme sie und küsse sie liebevoll auf die Wange. Ich liebe sie. Sie ist meine Mutter. Aber sie muss nicht alles wissen. Ich bin mir sicher, dass sie durchdrehen würde, sollte sie die Wahrheit erfahren. Sie lächelt wieder zärtlich auf mich herab. Darüber bin ich froh. Ich möchte ihr keinen Kummer bereiten. Sie macht sich bestimmt Sorgen um mich! Aber ich mag mein aufregendes Leben, wie es ist. Na ja, auf heute hätte ich verzichten können...

Aber Jack hat mein erstes Mal unvergesslich gemacht. Himmel! Geil, ohne Ende! Jetzt, alleine in meinem Zimmer kann ich in meinen Erinnerungen schwelgen. Was ich heute erlebt habe, toppt alles! Wahnsinn! Jack ist mein erster Mann und ist so, so… gewesen! Ich liebe ihn! Ich habe längst die Bestrafung weggesteckt. Der Hintern tut scheißweh, aber danach war es sooo schön! Morgen muss ich mit Julie darüber reden. Ich platze sonst vor unbeschreiblichen Gefühlen!

Am nächsten Morgen steigt Julie zu mir in die Straßenbahn. „Hi. Hast du zu Hause Ärger gehabt?" „Nein. Bin ja pünktlich gewesen. Von da her hat keiner Verdacht geschöpft. Ich habe mich vorher noch frisch gemacht und mich umgezogen.

Mama ist zwar aufgefallen, dass ich geheult haben muss, aber sie hat mich nicht am Tisch darauf angesprochen." Ich erzähle ihr von dem Gespräch danach. „Na, da hast ja noch Glück gehabt!" „Julie, können wir heute in den Park gehen? Da ist es ruhiger. Wir müssen unbedingt wegen gestern reden!" „Das meine ich auch. Klar!" Wir setzen uns auf eine etwas abseits gelegene Parkbank. Mein Arsch brennt, dank der Heilsalbe, nicht mehr so arg. Ich zucke beim Hinsetzen nicht mehr so auffällig zusammen. „Ich war gestern so erschrocken, als mich einer der Kerle geschnappt und auf sein Motorrad gesetzt hat. Ich war so perplex, dass ich mich nicht einmal gewehrt habe! Was dann geschehen ist, war entsetzlich! Ich wurde festgehalten und gezwungen, zuzusehen, während Jack dich verhauen hat! Es war so…" Julie fehlen die Worte. Tränen benetzen ihre Augen: „Dann habe ich dich im Haus schreien gehört. Mein Gott! Das war wie ein Alptraum! Was hat er dir nur angetan?!" Jetzt rinnen die Tränen ungehindert über ihre Wangen. Ich lege ihren Kopf an meine Schulter. Ich muss sie trösten. Sie ist mehr traumatisiert als ich. Sie macht sich sicher Vorwürfe, dass ich wegen ihr gelitten habe. Wir sind ja wegen ihr in den Club gekommen. Ich streichle geistesabwesend über ihre Haare, Wangen und wieder zurück. Ich nehme ihr Gesicht zwischen meine Hände und schaue ihr fest ins Gesicht: „Julie, es war wirklich nicht schön, so vor allen Männern versohlt zu werden. Es hat wahnsinnig wehgetan. Mein Arsch brennt heute noch. Aber mein Stolz hat mehr gelitten und es hat mich irgendwie angetörnt." Julie schnupft auf. Sie rotzt wehleidig ihre Tränen zurück. Sie sieht mich ungläubig an. „Sag mal, spinnst du jetzt? Bist du auf Drogen, oder was?" „Nein, es hat, wie gesagt, wahnsinnig wehgetan. Das Schlimmste war, dass ich mich aufs Zählen konzentrieren musste und was noch viel schlimmer war, dass ich Angst hatte, mich zu verzählen. Jack hat mir ja angedroht, dass er dann von vorne anfangen würde." Ich stoße einen lauten Seufzer aus. Julie hat sich mittlerweile wieder aufgerichtet. Sie schnäuzt sich in das Taschentuch, das ich ihr gerade unbewusst gereicht hatte. „Was war dann los? Im Haus?"

Vorsichtig schaut sie mich von der Seite an. Ich schließe die Augen und schwelge in meinem erlebten Genuss. „Julie. Hach! Es war der Wahnsinn! Jack hat mir ein fantastisches erstes Mal beschert! Ich wünsche dir auch so ein erstes Mal. Oder hast du deines schon hinter dir?" Ich schaue sie neugierig an. „Ja. Aber du hast lange und schrecklich geschrien. Sie mussten mich gewaltsam zurückhalten, sonst wäre ich zu euch hinein gerannt. Ich musste alles aushalten, ohne etwas tun zu können! Es war schrecklich!" „Na ja, ich weiß ja nicht, ob es immer so weh tut. Aber es hat schon stark geschmerzt. Aber Jack war sehr liebevoll." Ich komme aus dem Schwärmen nicht mehr so leicht heraus. Die erlittenen Schmerzen habe ich schon längst vergessen.

„Ich bin schuld an allem! Ich habe dich da rein gezogen! Alles wegen mir!" Julie schüttelt fassungslos den Kopf und vergräbt voller Gram ihr Gesicht in ihren Händen. „Aber Julie! Es ist ja nichts passiert! Ich fühle mich phantastisch!" Sie macht sich wegen mir Vorwürfe!

„Hast du schon nachgedacht, was ist, wenn du ein Kind kriegst? Oder hat er ein Kondom in weiser Voraussicht genommen? Er ist ein Rocker! Er will es wahrscheinlich ohne!" Jetzt bin ich doch sprachlos. Da ist etwas dran. Jetzt überkommt mich doch Panik. Scheiße! Jetzt bin ich die, die den Kopf hängen lässt und der kotzübel wird. Was ist wenn? Die Möglichkeit besteht. Adrenalin schießt durch meinen Körper. Mein Verstand setzt aus.

Dann laufe ich zum nächsten Mistkübel und muss mich übergeben. „Mensch Sarah! Beruhige dich! Wir kriegen das hin. Es muss ja nichts sein. Wir warten einfach ab." Sie wischt mir gedankenlos mit ihrem angeschnäuzten Taschentuch den Mund ab und stützt mich zur Bank zurück. Ermattet setze ich mich hin. „Tief durchatmen!"

Jack

Zurzeit bin ich im beruflichen Stress. Ich habe mich heuer auch auf der Uni eingetragen. Die Vorlesungen nehmen mir viel freie Zeit weg. Aber ich will es schaffen. Ich muss an meine Zukunft denken. Ich will nicht ewig ein Rocker bleiben. Ich habe es mit meinem Vater besprochen. Er steht voll hinter mir.

Ich nehme eine Abkürzung. Ich habe noch etwas Zeit, mir im Park Unterlagen anzuschauen. Ich bin oft im Park. Da begegnet mir keiner meiner Kumpels und ich kann mich konzentrieren. Was ist da vorne los? Sind das Sarah und Julie? Irgendwas stimmt da nicht. Sarah steht über einem Müllkorb gebeugt und kotzt hinein? Sie sieht elendig aus. Besorgt beschleunige ich meine Schritte. Ich muss zu ihr. Es geht ihr nicht gut.

Sarah

„Hallo Süße!" Ich erstarre in meinem Elend. Jack lässt sich neben mir nieder. „Was ist los? Du siehst elend aus! Geht's dir nicht gut?" Er will mit der Hand meine Wange berühren. Ich weiche ängstlich aus. Der Schock des gerade durchlebten ‚Wenn's' sitzt noch tief. „Hey! So schlimm war es gestern doch nicht!" Jack zieht mich, mit einem Arm um meine Schultern gelegt, an sich. Ich bin noch zu ermattet, um mich zu wehren und lege den Kopf an seinen muskulösen Oberarm. Meine Nase ist in seine Seite gedrückt. Tief inhaliere ich seinen Geruch. Es hilft mir, mich zu beruhigen.

„Lass die Finger von ihr, du… du Rocker!" Julie mutiert zu meiner Löwenmutter. „Du hast genug angerichtet!" „Tja, was soll ich dazu sagen?" Jack lächelt unverschämt. Er hat es sich auf der Bank bequem gemacht. Seine Beine sind lang ausgestreckt und überkreuzt. In seinem linken Arm hält er Sarah fest an sich gedrückt. Die andere Hand liegt entspannt auf seinem besten Teil. Er ist nicht so von seinen Schandtaten überzeugt. Grinsend beobachtet er Julie, die zornig auf ihn einredet. „Hast du an die Konsequenzen gedacht, du…Hornochse?", zetert sie weiter. Er zieht die Augenbrauen in die Höhe. „Tja, hast du ein Kondom genommen? Sarah war Jungfrau! Glaubst du, sie hat die Pille schon für alle Fälle genommen? Denk einmal darüber nach, du…Depp!"

Jetzt richtet er sich langsam und bedrohlich auf. „Pass auf, wie du mit mir sprichst! Du kannst von Glück reden, dass du die Freundin von Sarah bist und ich zufällig bester Laune bin!" Jack holt mich aus meiner Lethargie hervor: „Hey Süße, wir müssen abwarten. Hoffen wir, dass nichts passiert ist. Du gehst zum Doktor und lässt dich untersuchen. Am besten lässt du dir gleich die Pille verschreiben. Dann können wir ungestört weitermachen."

Über so viel Leichtsinn verdattert, muss ich mich jetzt doch aufsetzen: „Glaubst du, wir können da weitermachen, als wäre nichts geschehen? Ja, was glaubst du, wie meine Eltern reagieren, wenn ich ein Kind bekomme und sie erfahren müssen von wem? Glaubst du, die nehmen das so gelassen hin? Sie wissen ja nicht einmal, dass ich mich mit einem Rocker abgegeben habe!"

Indigniert entgegnet Jack: „Sind wir nichts wert? Sag mir, was deine Eltern sagen würden, wenn ich komme und mich als Vater unseres Kindes vorstelle! Schämst du dich für mich?" Jetzt werde ich aber ernstlich böse. „Du verführst mich im Club, beim Fluss. Lässt mich lange Zeit hängen und hängst den Rockerboss raus, als du geflüstert bekommst, dass Bobby in deinem Revier gewildert hat. Du versohlst mich auf beschämende Weise vor allen Mitgliedern deiner Band. Dann entjungferst du mich ohne mein Einverständnis." Ich schniefe einmal durch. „Dann...dann... nimmst du es locker, wenn wir ein Kind bekommen sollten...ungewollt...und dann soll ich einen mir unbekannten Menschen meinen Eltern vorstellen, die sich höchstwahrscheinlich denken werden, dass sich ihre Tochter von einem...einem...Gangster schwängern hat lassen!" Bei jedem Luftholen bohre ich meinen Zeigefinger aufs heftigste in seine Brust. Meine Tränen laufen jetzt ungehindert mein Gesicht hinunter.

Jack hat mir bis zum Ende schweigend zugehört. „Na ja, fast alles stimmt. Dein erstes Mal war für mich wunderschön, Sarah!" Er starrt mir in die Augen. Seine schönen Augen flehen mich intensiv an, als wollten sie eine Bestätigung seiner Aussage.

„Ja!", gebe ich schließlich kleinlaut zu. Zärtlich und beruhigend streichelt er mir mit den Lippen über die Stirn. „Aber mich als Gangster zu bezeichnen, ist nicht fair. Nur weil wir anders sind, als die ‚normalen' Leute.", hier macht er in der Luft Anführungszeichen. „Wir können uns ja jetzt kennen lernen. Du kannst fragen und ich antworte und ich frage auch und du antwortest. Ist das ok für dich? Jeden Tag eine Frage von jedem? Sonst wird es langweilig!" Bei seinem Vorschlag habe ich ihm fasziniert zugeschaut, wie seine Miene sich wieder aufgehellt hat. Seine Augen leuchten in ihrem blau zärtlich auf. Er ist offensichtlich von seiner Idee angetan. „Du vergisst zu fragen, ob Sarah überhaupt noch an dir interessiert ist! Ich habe vor, sie vom ‚Together' fernzuhalten!", erbost mischt sich Julie wieder ein. Sie verdreht genervt die Augen und zieht mich von Jack weg. Sie steht auf und schleppt mich ab. „Was soll das? Jack und ich sprechen gerade über unsere Beziehung!" „Sag bloß, du willst noch was von ihm?" „Na ja, er ist süß! Was ist, wenn ich ein Baby von ihm empfangen habe? Ein Kind braucht seinen Vater. Er ist sicher ein toller, liebevoller Vater!" „Noch hast du kein Baby!" Julie schaut mich an, als wäre ich nicht ganz bei Trost. „Kommst du jetzt mit mir, oder nicht?" Julie stellt mich vor die Wahl. Etwas unfair, finde ich. „Warte, ich muss noch schnell etwas mit Jack besprechen. Ich komme gleich mit. Warte auf mich! Bitte!", beschwörend sehe ich sie an. Sie nickt unwillig und verschränkt beleidigt die Arme vor ihrem Körper. Ich gebe ihr einen Kuss auf die Wange und laufe zu Jack zurück.

Er steht abwartend da und beobachtet uns. Er entspannt sich sofort, als er sieht, dass ich auf ihn zulaufe. Im letzten Augenblick kann ich mich noch abbremsen. In Gedanken hätte ich mich schon in seine starken Arme geworfen. Bleibe aber auf sicherer Distanz stehen. „Jack, wenn du es ernst mit uns gemeint hast, können wir es versuchen. Ich möchte in nächster Zeit den Club meiden. Ich würde mich zu sehr schämen. Zu viele Männer haben mitbekommen, was da draußen los war. Aber wenn du mich sehen willst, dann triff mich morgen um vier hier bei dieser Bank." Er zieht mich ohne Worte in eine Umarmung und küsst mich auf seine vertraute Art und Weise. Seiner Zärtlichkeit kann ich nur schwer widerstehen. Ich bin verliebt. Verliebt?! Woher kommt das jetzt? Ich bin verloren! Ich wende mich vorsichtshalber ab, damit er meine Stimmung nicht an meinem Gesicht ablesen kann. Morgen sehen wir uns wieder. Ohne Worte gehen wir schweigend getrennte Wege.

Verführung im Hof

Sarah

„Hey Sarah, wie geht's dir heute?" Julie hakt sich bei mir unter. Wir sind unterwegs zur Universität. „Na ja, ich habe heute Nacht kein Auge zugemacht. Ich habe nachgedacht. Was ist, wenn ich wirklich schwanger bin?" Verzweiflung packt mich. Ich möchte unbedingt mein Studium fertig machen. Ich möchte eine Zukunft haben. Ich möchte nicht mit einem Kind dasitzen und nichts mehr auf die Reihe bekommen.

„Ach Sarah! Mach dich nicht fertig. Noch ist nichts sicher. Hast du schon überlegt zu welchem Frauenarzt du gehen wirst?" „Nein. Daran habe ich noch nicht gedacht. Da muss ich wohl durch. Ich habe Schiss!" „Blödsinn! Alle Frauen gehen zum Frauenarzt. Ist doch normal. Soll ich dir einen Termin bei meinem Arzt machen?" „Julie,

ich wäre dir sehr dankbar! Kommst du mit?"
„Natürlich! Mach ich! Ich rufe gleich an!"

Ich beobachte sie, wie sie die Nummer ihres Arztes auf ihrem Handy aufruft. Sie hat mein Problem grob geschildert. Ich muss noch etwas warten. So schnell kann man nichts sagen. Es ist noch zu früh. Aber er gibt ihr für mich gleich einen Termin. Ich drehe durch! Mir dauert alles zu lange!

„Triffst du dich wirklich heute mit Jack?" Julie sieht mich skeptisch an. „Ja." „Du weißt, dass er dir nicht gut tut. Er ist eine andere Liga. Deine Eltern werden durchdrehen, sollten sie mitbekommen, dass du mit einem Rocker zusammen bist!?"

„Ich weiß. Aber er ist so süß. Ich liebe ihn! Ich möchte uns eine Chance geben. Vielleicht geht es nicht gut. Dann hört sich das sowieso von alleine auf. Oder es klappt, dann muss ich meine Eltern vor vollendete Tatsachen stellen!"

Pünktlich um vier bin ich bei der Bank. „Hallo Süße!" Gerade wollte ich mich hinsetzen. Jack schnappt mich an der Taille und küsst mich ungestüm. Ich schmelze dahin. Er setzt sich hin und zieht mich zugleich auf seinen Schoß. Zärtlich schlingt er seine Arme um mich, drückt mich an sich und legt sein Kinn auf meinem Kopf ab. „Wie war dein Tag, Süße?" „ich habe einen Termin beim Frauenarzt. Dann wissen wir Bescheid." „Okay. Was machen wir bis dahin? Ich vermisse dich. Kommst du wieder in die Disco?" „Ich weiß nicht. Ich habe zurzeit Probleme ohne Ende. Ich muss mich mehr auf mein Studium konzentrieren! Ich möchte eine gute Zukunft haben! Übrigens habe ich eine Frage offen!" Jack versteift sich. Er ist auf der Hut. „Jaaa...?" „Wie heißt du wirklich?" Er entspannt sich etwas. „Noah Jackson. Mein Vater ist gebürtiger Amerikaner. Meine Mutter ist von hier.

Jetzt bin ich dran. Willst du meine Freundin sein?" Jetzt bin ich doch schockiert. Darüber habe ich nicht wirklich nachgedacht. Seine Freundin? Ich schaue ihm lange in die Augen. Diese Augen sind es alleine wert, ja zu sagen! „Ich kann das nicht eindeutig mit einem ‚Ja' beantworten." Er ist enttäuscht. „Süße. Ich werde dich schon noch überzeugen! Kommst du morgen wieder in den Club?" „Das weiß ich noch nicht." Über eine Stunde sitzen wir noch so aneinander gekuschelt da. Ich will so gerne ja sagen. Aber ich muss vernünftig sein. Ich will wenigstens vorher noch mit meiner Mutter sprechen. Das bin ich ihr schuldig. Sie macht sich große Sorgen!

Jack

Ich bin so froh, dass Sarah mir noch eine Chance gibt. Sie geht mir unter die Haut. Meine Gefühle für sie fahren Achterbahn. Am liebsten würde ich sie für immer im Arm halten und küssen. Sie schmeckt mir. Der Fick war ein unbeschreibliches Erlebnis. Ich zehre noch immer daran. Ich bin im siebten Himmel gewesen, als ihre Muschi sich um mich zusammengezogen hat. Mein Schwanz war so gepresst, dass ich mich nicht mehr zurück halten konnte. Wahnsinn! Ich muss sie bald wieder haben. Ob ich sie geschwängert habe? Zumindest weiß ich sicher, dass das Baby von mir ist. Noch ist nichts fix. Aber ich werde es lieben! Wir schaffen das. Mit ihrer und meiner Familie geht das. Wir sind nicht alleine. Sie weiß es eben nicht. Sie hat noch Angst. Aber sie wird lernen müssen, auf ihre Eltern zu vertrauen! Ich weiß, dass meine Eltern mich unterstützen werden! Zuerst muss ich sie überzeugen, dass ich der bin, den sie will. Julie ist eine harte Nuss. Sie steht mir gewaltig im Weg. So eine dumme Nuss! Sarah kann doch selbst entscheiden! Sarah will mich kennen lernen. Meinen richtigen Namen weiß sie schon. Bin neugierig, was sie alles noch von mir wissen will. Ich will ehrlich zu ihr sein. Dass sie noch nicht weiß, ob sie meine Freundin sein will, hat mich ein bisschen aus der Bahn geworfen. Aber ich will sie!

Ich werde sie noch überzeugen! Ich lasse sie nicht mehr gehen!

Eines weiß ich sicher, sie ist abenteuerlustig! Ich muss auf sie aufpassen. Ihre Neugier wird sie auch wieder in die Disco bringen. Dort werde ich ihr zeigen, dass sie zu mir gehört - unwiederbringlich. Irgendwann wird sie mich auch ihren Eltern vorstellen. Spätestens dann, wenn sie weiß, dass sie ein Baby im Bauch hat. Aber wie gesagt, noch ist nichts fix.

Sarah

„Mama. Kann ich mit dir sprechen?" „Natürlich Schatz! ich komme gleich zu dir." Ich muss es loswerden. So kann ich nicht mehr weitermachen.

Ich kann mich nicht mehr auf das Wesentliche konzentrieren. Sie kommt in mein Zimmer und schließt die Tür hinter sich. Sie setzt sich zu mir auf das Bett und sieht mich erwartungsvoll an. Wie soll ich nur anfangen? Mir wird schlecht. „Äh... Mama, da ist etwas passiert und ich muss es rauslassen, sonst platze ich noch!" Meine Mutter sieht mich noch ahnungslos abwartend an. Ich schaue ihr in die Augen. Dann senke ich sie wieder.

So mutig bin ich denn auch nicht. „Ich...ich habe das erste Mal äh… Sex... äh...gehabt und wir haben nicht verhütet!" Jetzt ist es raus. Ein Teil zumindest. Panisch schaue ich ihr in die Augen. „Gott, Sarah! Kind! Du bist schwanger?! Hast du schon einen Test gemacht?" „Nein, nein! Der...der Frauenarzt meint, dass es noch zu früh sei, einen Test machen zu können." „Wer ist der Vater? Steht er zu dir?" „Ich denke schon. Aber da ist noch ein Problem." Ich kann ihr nicht mehr in die Augen sehen. Nervös zupfe ich an meinem T-

Shirt herum. Alarmiert sieht sie mich an. „Ich...ich war doch immer in dem äh... Club. Da habe ich ihn kennen gelernt. Er mag mich, ja. Aber...aber er ist ein äh... Rocker aus einer richtigen Rockerbande." Jetzt ist es endgültig heraus. Ich blicke meine Mutter vorsichtig an. Sie schlägt sich die Hand vor den Mund. „Hat er dich zum Sex gezwungen?" „Nein, nicht wirklich!" „Was soll das heißen – nicht wirklich?"

Dann erzähle ich ihr alle Details, die dazu geführt haben. Von Bobby bis zur Bestrafung und dem Sex danach. „Das kann man als Vergewaltigung auslegen. Aber ich denke, dass du ihn nicht anzeigen willst?" „Nein, Mama!", schockiert sehe ich sie an. „Wie steht ihr zueinander, Sarah?" „Er hat mich heute gefragt, ob ich seine Freundin sein will. Ich habe noch nicht ja gesagt. Ehrlich gesagt, denke ich auch an die Uni. Ich möchte nicht mit jemanden gehen, bei dem ich nicht weiß, wie es werden wird. Ich kenne ihn ja nicht einmal. Ich fühle mich zwar umsorgt von ihm. Das mag ich.

Der Sex war phänomenal! Ich möchte ihn schon gerne eine Chance geben. Aber ich möchte keinen ungeschützten Sex mit ihm. Ich hoffe, dass ich nicht schwanger bin! Mama, ich hoffe inständig, dass nichts ist!", ich schluchze auf. Der Kloß in meinem Hals schnürt mir die Luft zum Atmen ab. Meine Mama nimmt mich fest in ihre Arme und streichelt beruhigend über meinen Kopf. Ein lauter Seufzer entkommt ihr.

„Na...na...Wir müssen uns ja jetzt nicht deswegen den Kopf zerbrechen! Ich werde mit dir zum Arzt gehen und wir werden uns wegen der Verhütungsmittel beraten lassen. Wenn du schwanger sein solltest, müssen wir uns was überlegen, wie es weiter gehen soll!" Sie nimmt mich in den Arm. „Mama, glaubst du, ich soll ihn nicht mehr sehen?" „Kind, das musst du entscheiden! Ich denke, solange du ihn magst und du denkst, er mag dich auch, kann ich nichts dagegen einwenden. Ich rate dir, genieße die Zeit mit ihm. Aber bitte keinen ungeschützten Sex mehr! Ihr solltet eine Weile sexfreie Zeit haben, um euch näher kennen zu lernen. Die solltest du nutzen!"

Ich bin sprachlos. So easy habe ich mir das nicht vorgestellt. „Mama, muss Papa davon wissen?", frage ich sie noch zaghaft. „Nein, solange wir nicht wissen was Sache ist, werden wir das unter uns lassen! Aber bitte keine Heimlichkeiten mehr!" Vor Erleichterung falle ich ihr um den Hals. „Danke! Danke Mama! Du bist die Beste!" Ich küsse sie wieder und wieder. Lachend hält sie mich schließlich davon ab. „Aber Priorität muss die Schule sein!" Natürlich, da sind wir uns einig.

Nach dem dritten Läuten hebt Julie endlich ab. „Julie ich habe gerade mit meiner Mutter über alles gesprochen!" „Oh mein Gott! Wie hat sie reagiert! Hast du Hausarrest?" „Nein, nein! Im Gegenteil! Mama ist sehr verständnisvoll. Ich habe ihr von Jack erzählt, von Bobby und was dann draußen geschehen ist. Sie hat das sehr ruhig aufgenommen. Sie will mit mir zum Arzt gehen, wegen der Verhütungsmöglichkeiten. Sie hat mir auch grünes Licht gegeben, das ich Jack weiterhin sehen kann, solange ich es will! Julie, weißt du, was das heißt?! Ich kann Jack wieder sehen! Sie hat ja auch nichts gegen Sex. Aber mit Verhütung. Eines muss mir klar sein – Ausbildung hat Priorität. Ich habe es ihr versprochen."

Irgendwie ist mir nach Tanzen zumute! Ich könnte die ganze Welt umarmen. Ich bin sooo glücklich, dass ich am ganzen Körper zu zittern anfange. „Mensch Sarah, du hast Glück gehabt. Falls du ein Baby im Bauch hast, brauchst du dir auch keine Sorgen mehr machen. Deine Eltern stehen ja hinter dir, nicht wahr?" Ich sage nichts. „Hey Sarah. Ist noch was?" Julies Alarmsystem funktioniert einwandfrei. „Wir sagen Papa vorläufig nichts. Es bleibt vorerst unter uns, solange wir keinen Test vorliegen haben." „Deine Mutter ist ja noch cooler, als ich gedacht habe! So eine mag ich auch gerne!" „Julie? Gehst du mit mir wieder in den Club?", frage ich sie bittend. „Ja, ich kann dich nicht abhalten. Grünes Licht hast du auch noch. Ich habe auch coole Typen dort, mit denen man gut reden kann. Also gehen wir wieder hin." „Julie, ich liebe dich! Bussi!" „Ja, ja. Ich weiß. Ich bin die Beste!", grummelt sie.

„Ich traue mich nicht mehr da hinein zu gehen!" Wir stehen vor dem ‚Together' und ich habe Schiss. Es ist das erste Mal nach der Bestrafung. Über eine Woche ist vergangen. Es ist Disco Abend und wir sind früh dran. Es hat noch gar nicht angefangen. Also nimmt mich Julie bei der Hand und zerrt mich die Treppe hinauf. „Sarah!" Jack schreit von der anderen Seite des Zimmers. Ich sehe ihn nicht. Unsicher stehe ich herum. Julie hat schon zwei Coke für uns geholt und stellt sie auf den Tisch vor uns. Sie setzt sich und zieht mich neben sich. Irgendwie fühle ich mich verloren. Jack ist da, aber nicht bei mir. Die Situation ist mir unangenehm. Ich habe das

Gefühl, dass alle mich anstarren. An ihren Mienen kann ich nicht erkennen, ob das gut oder schlecht ist. „Ich muss mal!", rede ich mich heraus und stürze aufs Klo. Tief ein- und ausatmen! Was mache ich da eigentlich? Jack schreit mir von weitem zu, aber er kommt nicht zu mir! Will er mich nicht mehr? War alles nur leeres Gequatsche? Ist sein Ego angeknackst, weil ich mich eine Woche nicht gemeldet habe? Ich verziehe mich in eine Kabine und setze mich erstmal auf den Deckel…mein Gesicht in meinen Händen vergraben…

Ich höre die Tür aufgehen. „Hast du das gesehen?" Die Stimme kichert. „Die hat Mut! Das muss man ihr lassen. Ich bin mir sicher, dass Jack die Bestrafung durchgeführt hat! Ich habe da etwas gehört." „Nein! Glaubst du wirklich? Jack soll da sehr streng sein! Du weißt ja, was vor einem halben Jahr mit Cosma passiert ist?" „Nein! Erzähl mal." „Die Cobras haben sie ausgepeitscht, weil sie mit einem anderen Sex gehabt hat. Sie war mit Joe beisammen!" „Glaubst du, sie haben Sarah auch ausgepeitscht?" „Das weiß ich nicht. Die Cobras sind da sehr verschwiegen. Aber es wird schon etwas Schlimmes gewesen sein. Sie hat sich ja über eine Woche nicht anschauen lassen. Aber dass sie sich überhaupt noch her traut, hätte ich ihr nicht zugetraut." „Weißt du, was mit Bobby ist? Der ist ja auch seither verschwunden." „Sven hat mir zugeflüstert, dass er krankenhausreif geprügelt wurde." „Oh. Mein. Gott!" Jetzt habe ich genug gehört. Ich lasse die Spülung runter und gehe mit hoch erhobenem Haupt hinaus. Die beiden Mädchen sehen mir verdutzt hinterher.

Jack

Meine Süße hat mich einfach ignoriert. Dabei habe ich das Gefühl gehabt, dass die Sonne aufgeht, als sie endlich bei der Tür hereinkommt.

Natürlich mit Julie im Schlepptau! Ich bin unruhig. Ich kann mich nicht auf das Gespräch mit meinen Kumpels konzentrieren. Immer wieder muss ich zum anderen Tisch schauen, wo meine Sarah sitzt. Julie hat sie nicht mehr losgelassen. Das muss sich ändern. Ah, jetzt steht Sarah auf. Wahrscheinlich geht sie aufs Klo. Julie bleibt sitzen. Meine Gelegenheit. Ich springe auf und schwinge mich über die Lehne der Bank. Gemächlich schlendere ich hinaus. Dabei muss ich mir einige Sprüche gefallen lassen. Der Hirsch setzt wieder an! Sie hat ihn an der Leine! Er ist machtlos ausgeliefert! Ha, ha, ha! Gelächter…Es ist mir egal. Ich positioniere mich gegenüber der Klotür und warte geduldig. Endlich geht die Tür auf. Sie kommt heraus. „Hey Süße! Ich habe dich vermisst!"

Sarah

Erschreckt zucke ich zusammen. Jack lehnt an der gegenüberliegenden Wand. Ich will an ihm vorbei, nach unten und raus aus dem Haus, weg vom Rockermilieu. Es tut mir nicht gut. Wo kommt das denn jetzt wieder her? Ich will diesen Kerl! „Hey nicht so schnell!", er schlingt seine Arme um mich und zieht mich kraftvoll an sich. Sofort senken sich seine Lippen auf meine herab. Ich wehre mich. Er sieht mich verständnislos an. „Was hast du? Magst du mich nicht mehr? Bist du nicht wegen mir gekommen? Ich habe jeden Tag nach dir Ausschau gehalten!"

„Geh mit mir raus! Wir müssen reden!", erwidere ich. Sofort nimmt er meine Hand und springt mit mir, immer zwei Stufen nehmend, die Treppe hinunter, hinaus in den Hof. „Am Klo haben sich gerade zwei Mädels unterhalten. Über meine Bestrafung und über Bobby und Cosma!" Jack zieht sofort die Augenbrauen zusammen. „Was hast du mit Bobby gemacht? Hat dir meine Bestrafung nicht gereicht?" Jack stellt sich breitbeinig vor mich hin. Die Hände vor dem Körper verschränkt, schaut er mich mit hochgezogenen Augenbrauen, von oben herab an: „Das ist das Gesetz der Cobras. Wenn ein Mädchen mit einem von uns beisammen ist, ist sie tabu für den Rest. Wenn dieses Gesetz gebrochen wird, dann wird die Bestrafung von dem vorgenommen, der beleidigt wurde. Bestraft werden das Mädchen UND der Nebenbuhler! Sonst noch Fragen?" Abwartend und drohend steht er da und fixiert mich mit einem hochmütigen kalten Blick. „Das ist doch absurd! Bobby soll krankenhausreif geprügelt worden sein! Das ist ein Verbrechen! Dafür kannst du belangt werden!" Mir ist es egal wie bedrohlich Jack vor mir steht. Ich schubse ihn gegen die Brust, was überhaupt keine Reaktion seinerseits hervorruft. Außer, dass seine Augenbrauen eine Spur höher wandern.

Ich bin ganz aus dem Häuschen. Das darf doch nicht wahr sein! Was ist, wenn Bobby Jack anzeigt, dann muss er ins Gefängnis und das zu Recht! „Willst du ins Gefängnis, oder was?" „Es wird keiner verpfiffen! Die Rocker halten dicht!" Er schaut mich eine Weile streng an. Dann mildert sich seine böse Miene und mein Jack kommt wieder durch. Seine Zärtlichkeit zieht mich wieder zu ihm hin. „Süße, komm lass dich küssen! Ich will dich!" Er legt seine Finger unter mein Kinn und hebt es empor. Lächelnd fängt er an, meine Mundwinkel zu liebkosen. Lange kann ich nicht mehr widerstehen! Es ist zu atemberaubend, wenn er zu küssen anfängt! Also schlinge ich meine Arme um seinen Hals und ziehe ihn seufzend zu mir hinunter. Das Dröhnen der Musik lässt uns wieder hinein gehen. Mir ist nach tanzen! Ich bin wieder auf Touren. Jack hat mich wieder dahin gebracht, wo ich nur das eine will. „Hey Süße, tanzt du heute für mich?" Ich nicke und gehe zum DJ. Ich brauche eine Scheibe, die mich antörnt. Da gibt es für mich nur Queen! Die ersten

Töne erklingen. Ich reiße mich von Jack los und hüpfe Hüfte schwingend auf die Tanzfläche. Ich blende alles aus. Ich schaue nur Jack an. Er steht nicht weit weg, an die Wand gelehnt, vor mir.

Jack

Sie tanzt für mich! Mannomann, das wird geil. Ich habe sie schon erlebt. Sex pur! Ich lehne mich entspannt an die Wand und verschränke die Arme vor mir. Mein Mund ist leicht geöffnet. Ich muss mich zusammen reißen. Sonst fange ich noch zu sabbern an. Sinnlich schwingt sie die Hüfte von einer Seite auf die andere. Ganz langsam, sinnlich... Ihr Kopf fällt nach hinten. Ich stelle mir vor, dass ich an ihrem Hals lecke, knabbere, küsse. Mmmh! Meine erotischen Bilder geilen mich auf. Nun hebt sie die Hände über den Kopf und schwingt zuckend das Becken immer wieder nach vorne. Dann senkt sie die Hände und streift über ihren Körper entlang. Sie schaut mich verlangend an. Shit! Was mache ich nur! Mein Schwanz zuckt. Er tut schon weh! Die Hose ist zu eng! Lange halte ich das nicht durch! Gebannt stehe ich vor ihr. Meine Hose ist noch straffer. Ihre Hände betonen immer wieder ihre schwingenden Hüften. Sie wird mutiger. Sie geht langsam in die Knie und streift langsam sinnlich über die Vorderseite ihrer Hose. Mein Becken zuckt nach vorne. Ich kann mich fast nicht beherrschen! Scheiße...Dann greift sie weiter hinauf. Sie ist noch auf den Knien. Ihr Mund ist offen. Lasziv leckt sie sich über die Lippen. Ich stelle mir vor, dass mein Schwanz von ihren vollen Lippen umschlossen ist. Ich lecke meine Lippen. Ich kann nicht anders. Mein bestes Teil zuckt, ich greife danach und rücke zurecht... Nun liegen ihre Hände auf ihrem Busen, pressen und kneten ihn. Sie reibt die Brüste gegeneinander und beugt sich vor. Dabei lässt sie mich nicht aus den Augen. Mann, sieht das geil aus...

Mein Blick wandert zu ihrem Ausschnitt. Ihr Busen ist gut zu sehen. Aber nicht zu viel. Dann dreht sie sich um und steht mit gestreckten und gespreizten Beinen vor mir. Ich will mich in sie rammen! Jetzt! Ich zucke mit meinen Hüften nach vorne. In Gedanken ficke ich sie durch. Ich kann mich jetzt nur mehr schwer zurückhalten! Ihr Kopf schwingt nach unten und blickt durch ihre Beine auf mich...Ihr Kopf schnellt wieder in die Höhe. Ihre lockige Haarpracht hinten nach…Sie weiß, was ich will...

Sarah

Er steht unter Strom. Unbewusst greift er sich auf seine ausgebeulte Hose und reibt ihn. Ich richte mich ganz auf und gehe langsam auf ihn zu. Er ergreift mich an den Hüften und zieht mich fest an sich. Er küsst mich wild und hemmungslos. Wir haben Sex auf der Tanzfläche...Ich habe alles um mich ausgeblendet. Ich bin wie in Trance. Meine Umgebung ist nicht existent. Seine Hände kneten meine Brüste. Dann greift er wieder an meinen Schritt. Durch die Jeans kann er mich nicht so richtig fühlen, wie er will. Also nimmt er wieder meine Brüste. Meine Warzen sind schon hart. Durch den Stoff kneift er sie immer wieder...Ich wimmere in seine Küsse hinein. Ich fühle den ziehenden Schmerz sehr intensiv in meiner Vagina. Ich reibe meinen Schritt an seinem Oberschenkel. Er stöhnt. Sein Bein presst sich an meine Mitte und reibt sich daran. Dann reibt sein Becken an mir. Ich fühle sein hartes Teil. Ich spüre sein Stöhnen in meinem Mund...Plötzlich hebt er mich auf und verlässt, mit mir auf den Armen, fluchtartig den Saal und läuft in den Hof in eine dunkle Ecke. „Ich muss dich haben, Süße!" „Ja! Ja!" Mein Denken hat ausgesetzt. Vergessen sind die Versprechen an meiner Mutter!

Er zieht mir meine Hose aus und kniet vor mir nieder und hebt sich meine Beine über seine

Schulter und presst mich mit dem Rücken fest an die Mauer. Seine Zunge tanzt über meine Muschi, meine Schamlippen, meine Klitoris. Er saugt, knabbert und leckt...Ich kann mich nicht wehren. Ich gebärde mich wie eine Wilde. Ich reiße ihn an den Haaren. Ein Schrei folgt dem anderen. „Halt still!", nuschelt er. Ich bin seinen erotischen Anstürmen ausgeliefert. Die Ekstase setzt in großen Wellen ein. Der Orgasmus überrollt mich mit einer Wucht, der mich wieder laut schreien lässt. Jack lässt nicht locker. Er leckt mich weiter, bis zum zweiten Orgasmus. Dann erst lässt er mich runter. Er wischt sich seine Mundwinkel mit seiner Hand trocken und schiebt seine Zunge in meinen Mund. Mein Geschmack auf seiner Zunge ist, wie soll ich sagen – einfach woah...Ich kann kaum alleine stehen. Meine Knie sind butterweich. Ich lehne mich schwer an die Mauer, um nicht einzusacken. Er zieht vor mir die Hose runter und sein großer Schwanz reckt sich mir, nach Aufmerksam heischend, steif entgegen. Irgendwie lande ich auf meinen Knien. Der zuckende Penis stupst an meine Nase, dann hinunter an meine Lippen und fordert mich auf, meinen Mund zu öffnen. Ich lecke darüber. ich habe das noch nie gemacht. Jetzt ist mir danach. Ich nehme ihn in die Hand und presse an der Wurzel einmal kurz zu. Er zeigt mir, wie ich ihn wichsen soll. Es fasziniert mich. Ich nehme seine harte Länge zwischen meine Lippen und sauge eifrig daran... Ich riskiere einen Blick nach oben. Was ich sehe, lässt mich wieder ganz nass werden. Jacks Augen glänzen gierig. Es törnt mich unheimlich an. Wie eine Verhungernde gebärde ich mich mit dem langen dicken Muskel in meinem Mund. Gierig spure ich die dicke Ader entlang seines Schaftes nach. Dann nehme ich ihn wieder in mir auf…Ich merke, dass er meine Haare fest um seine Hand wickelt. Er zieht mich noch enger an sich. Ich spüre die Eichel in meinem Rachen. Ich muss würgen. Meine Tränen beginnen zu fließen. „Atme durch die Nase! Dann geht es!" Ich konzentriere mich auf die Atmung. Meine Lippen kommen ganz nah an seinen

Hoden. „Das machst du sehr gut, Süße!" Er lässt locker. Ich schiebe seinen Schwanz vor und zurück. Mein Mund krampft, aber ich will noch nicht aufhören. Ich lecke seine Tropfen von der Eichel. Dann klemmt er wieder meinen Kopf zwischen seine Hände und fickt mich... Seine Gangart wird immer schneller. Ich lasse es geschehen. Ich fühle, dass es nicht mehr lange dauern wird. „Süße, du bist so geil! Komm schlucke meinen Saft!" Dann spritzt er in meinen Mund. Das klebrige Sperma füllt meinen Mundraum. Es ist ungewohnt. Ich schlucke es hinunter. Aber es kommt noch mehr. Ich bin nicht so schnell. Es rinnt mir aus dem Mundwinkel. Jack nimmt seinen Finger und wischt es ab und hält es mir hin. Ich schlecke es brav ab. So schlimm ist es nicht. Es war einfach nur geil!

Die Wirklichkeit holt mich schneller ein, als mir lieb ist. Oh Gott! Wie eine Hure! Beschämt ziehe ich mich an. Es können alle zugeschaut haben! Laut geschrien habe ich auch! Ich bin krebsrot im

Gesicht. Mir ist heiß. „Wage es ja nicht mehr, mich so zu blamieren!", fauche ich Jack an. Verständnislos sieht er mich an. „Was hast du denn? Es hat dir doch gefallen! Du hast den sexy Tanz vor allen hingelegt. Alle konnten dich sehen! Also krieg dich wieder ein. Hier draußen waren wir unter uns. Keiner hat geguckt." Wir gehen wieder hinein. Jack holt uns etwas zu trinken.

Ich schaue die ganze Zeit auf den Boden. Ich bin überzeugt, dass alle wissen, was wir getan haben. Mir ist heiß. Mein Gesicht ist rot. Ich muss aufs Klo. Ich will mich vor allen verstecken. Ich muss das erst für mich verarbeiten…Ich wusste es! Ich bin krebsrot. Der Spiegel lügt nicht. Ich sehe aus wie eine total durchgefickte Frau! Meine Haare! Rote Knutschflecken am Hals! Mein Make-up ist verschmiert…Aber ich fühle mich trotzdem sehr gut! Meine Augen glänzen. Ich versuche mich mit kaltem Wasser abzukühlen. Dann gehe ich hinaus. Ich habe Durst.

„Süße du siehst richtig geil aus. So richtig satt. Es gefällt mir." Er reicht mir eine Coke und wir trinken beide ex. „Jack? Ich habe noch Fragen für eine ganze Woche bei dir gut!" „Äh, das ist zu viel! Du hättest eher kommen müssen!" „Einigen wir uns auf drei!" „Was willst du heute wissen?" „Gehst du arbeiten und wo?" „Ja natürlich arbeite ich! Bei IT-Technologies." Ich bin überrascht. „Aha, als was?" „Ich bin Programmierer." Wow. „Also, wenn ich ein Problem mit meinem Laptop habe, kann ich zu dir kommen?" „Mhm…" Mit den Antworten habe ich nicht gerechnet. Ich bin überrascht. Ich dachte Rocker sind arbeitsscheu. Wie man sich täuschen kann.

„Jetzt bin ich dran. Du bist doch Studentin?" „Ja.." Er sieht mich an. „Du bist wie alt?" „Zweiundzwanzig, nächste Woche dreiundzwanzig" Er schaut etwas angespannt aus. Irgendetwas beunruhigt ihn.

„Wie alt bist du?" „Vierunddreißig." Wow. Elf Jahre Unterschied! „Hast du ein Problem mit meinem Alter?", frage ich ihn. Er ist noch immer nervös. Er schüttelt den Kopf. Irgendwas stimmt da nicht. Ich komme nicht dahinter.

Besuch

Jack

Sie ist noch nicht so alt! Mann, ich bin am Arsch! ich habe eine sehr junge Frau möglicherweise geschwängert! Die Probleme sind vorprogrammiert. Wieso habe ich sie nicht vorher gefragt? Ich habe sie versohlt und ihr die Unschuld genommen! Da wird mir kein Anwalt helfen können, wenn ihre Eltern mich anzeigen! Ich muss überlegen. Das kann ich nur alleine. Ich gehe jetzt nach Hause. Ich muss mit meinem Vater darüber sprechen. Er muss Bescheid wissen, wenn es hart auf hart kommt. Mann, was habe ich getan? Ohne mich weiter um sie zu kümmern, verschwinde ich. Ich rufe später Timo an und sage ihm, dass ich mich ein paar Tage nicht anschauen lasse. Ich habe sowieso viel zu tun. Die Uni frisst meine ganze Zeit auf. Aber ich muss es tun. Hoffentlich bekomme ich wegen Sarah keinen Ärger. Aber ich werde immer hinter ihr stehen, sollte ein Baby in ihrem Bauch heranwachsen. Ich muss es bald wissen. Ich denke, ich gehe morgen in die Apotheke und kaufe vorsorglich einen Schwangerschaftstest für alle Fälle. Ich kann nicht mehr länger mit der Ungewissheit leben.

Sarah

Wochenende. Ich habe Geburtstag und werde dreiundzwanzig. Ich habe keine Party geplant. Ich bin nicht der große Party Fan. Aber Julie und ich sind am späten Nachmittag verabredet. Ich habe mir extra den Tag und eine lange Nacht für mich gebucht. Ich will die Sau rauslassen! Das Frühstück ist fröhlich verlaufen. Meine Eltern möchten morgen einen Wellnesstag mit mir und meiner Schwester verbringen. Ich freue mich schon darauf. Das wird sicher lustig.

Heute ist ein sonniger Tag. Deshalb gehe ich erstmal mit einem guten Buch in den Park. Das mache ich öfters. Ich lese wahnsinnig gerne. Ich setze mich auf die Bank und bin bald in einem äußerst spannenden Roman gefangen. Nach einiger Zeit schlage ich es wieder zu. Das Buch kann mich heute nicht fesseln. Ich lasse meine Gedanken schweifen. Mir kommt alles Mögliche in den Sinn – Jack - bin ich schwanger, oder nicht? Es belastet mich irgendwie. Aber irgendwie doch nicht. Ich beobachte die Menschen, die an mir vorbeischlendern. Das ist auch ein Grund, warum ich gerne hierher komme. Es gibt so viele unterschiedliche Leute. Deren Verhalten ist nie gleich. Man kann sich bei jedem Einzelnen eine Geschichte ausdenken. Wissen tut man nie, ob es stimmt, oder nicht. Aber die Fantasie kennt da keine Grenzen. Plötzlich spüre ich jemanden hinter mir. Ich drehe mich um. Jack. „Hey Süße!" Er schwingt sich über die Lehne auf die Vorderseite, setzt sich zu mir, zieht mich in seine Arme und legt mich filmreif über seinen Schoß.

Er küsst mich gierig: „Ich habe dich vermisst!"
Ich bin überwältigt von dem überraschenden
Überfall. Natürlich genieße ich es. Ich erwidere
lachend seinen Zungenkuss. Es kribbelt über
meinen ganzen Körper bis in meine unteren
Regionen. Ich will mehr...„Alles Gute zum
Geburtstag!" Er hat es nicht vergessen! Das gibt
Bonuspunkte für ihn! Ich liebe ihn! Ich klammere
mich an ihn und sauge seine Zunge in mich hinein.
In meinem Mund stöhnend, legt er eine Hand auf
meine Brüste... Ich mag das nicht! Wir sind
öffentlich! „Halt!" Ich schiebe seine Hände von
meinen Brüsten und lege sie auf meine
Oberschenkel und halte sie dort fest. Ich sitze
bequem auf seinem muskulösen Bein, wo ich,
angelehnt an seiner Brust, auch bleibe. Wir
schauen uns an und ich gebe ihm noch ein
Küsschen auf die Wange. „Hi! Ich freue mich
auch dich zu sehen!" „Was machst du hier
alleine?" „Ich bin oft mit einem guten Buch hier.
Ich beobachte Leute und lasse meine Seele
baumeln. Es ist wie Meditation. Hier erhole ich

mich vom Alltagsstress und kann über Ereignisse nachdenken, die ich nicht so schnell verarbeiten kann." „Das wäre?" „Na...ja... zum Beispiel, dass du mich vor versammelter Bande verhauen hast. Dass ich mein erstes Mal Sex hatte. Wie gehe ich damit um, wenn ich ein Kind bekommen sollte? Wie sage ich es meinem Papa? Mein Freund ist Rocker. Es ist sehr viel in letzter Zeit mit mir passiert!"

„Sarah, ich muss mit dir etwas besprechen!" Jack ist sehr ernst. „Du sagst mir doch Bescheid, wenn du es weißt?" Er fasst mich fester um die Mitte. Ich schmiege mich noch mehr in seine Umarmung. Er hebt mit seinem Finger mein Gesicht zu sich hinauf und blickt mir fest in die Augen. „Natürlich." Er küsst mich schnell. „Ich habe nicht gewusst, dass du noch sooo jung bist, als das alles passiert ist. Das heißt, ich habe mich zwar nicht gegen das Gesetz strafbar gemacht, aber ich könnte dennoch Schwierigkeiten bekommen! Es tut mir so leid. Aber wir können es nicht ändern." Also das ist es gewesen, warum er so komisch geworden ist, als ich mein Alter verraten habe. „Jack, es ist nicht wichtig für mich. Ich halte zu dir!" Ich küsse zurück. Dann grinse ich: „Da fällt mir ein – ich habe heute noch eine Frage offen!" Er schaut mich mit hochgezogenen Augenbrauen an. „Mein Laptop geht nicht mehr! Ich bin schon so weit, dass ich mir mein Taschengeld zusammen spare, um mir einen neuen zu kaufen. Könntest du ihn nicht vorher anschauen? Du kennst dich da doch aus, nicht wahr?" „Natürlich. Wann soll ich kommen?" Er will zu mir kommen?! „Warum kann ich den Laptop nicht in den Park mitnehmen?" „Weil ich nicht weiß, wie lange es dauert und dann keinen Stromanschluss habe!"

Aha! „Jetzt?" Jack schaut mich an: „Bist du sicher, dass du mich heute deinen Eltern vorstellen willst?" „Äh ja. Mama weiß schon Bescheid. Papa halt noch nicht. Aber irgendwann muss er es ja erfahren." „Deine Mama weiß

Bescheid? Über das erste Mal? Über das Baby? Über das, was ich bin?" Ich nicke. „Na... dann!"

Aber ich rufe vorerst an. Nach dem ersten Läuten hebt meine Mutter ab: „Hallo Schatz! Alles in Ordnung?" „Ja, Mama! Kann ich Jack mit nach Hause nehmen? Er kennt sich mit PCs aus und will sich meinen Laptop anschauen. Geht das?" „Kind ich freue mich, wenn der Freund meiner Tochter kommt! Papa und Sylvia sind auch da." Oh mein Gott! Hoffentlich geht alles gut. „Wir kommen!" Ich nicke Jack zu. Hand in Hand marschieren wir ohne Worte in Richtung nach Hause. Jeder ist in seinen Gedanken versunken. Ich schaue Jack von der Seite an. „Was ist?" „Ich denke gerade an meine Eltern, wenn sie dich sehen." „Was meinst du?" „Äh... du bist nicht gerade der Durchschnittstyp, der Eltern vorgestellt wird. Du siehst auf den ersten Blick wie ein Rocker aus! Ich fürchte mich schon auf die erste Reaktion meines Vaters!" Stirnrunzelnd schaue ich mir Jack an. Seine dunkelblonden

Haare sind schulterlang, was seine schönen Augen für mich noch mehr leuchten lässt. Er trägt ein dunkles T-Shirt mit einem Totenkopf über die ganze Brust, eine schwarze Lederjacke und eine ärmellose Jeansjacke mit dem Rockeremblem am Rücken. Jeanshosen. Biker Stiefel. Er ist überdurchschnittlich groß und hat ausgeprägte Muskeln. Kein Typ, der sofort Vertrauen erweckt. „Hör mal Süße, wenn es dir zu bald ist mit deinen Eltern, dann warten wir noch. Den Laptop kann ich bei mir zu Hause auch anschauen." „Wolltest du nicht deine Frage loswerden?" Er grinst mich an. Er will mich ablenken. Er ist so süß! Äh... Ich muss nachdenken. Was war mit der Frage? Ah... ja! „Du bist so viel unterwegs. Wann arbeitest du eigentlich? Solltest du tagsüber nicht im Büro sein?" Skeptisch schaue ich ihm in die Augen. „Nein, ich kann meine Arbeit von zu Hause aus erledigen, wann ich will. Ich bekomme Auftragsarbeiten und Fristen. Die muss ich einhalten. Frage beantwortet?" Ich nicke. „Jetzt bin ich dran! Wer erwartet mich bei dir zu

Hause?" „Meine Eltern und Sylvia, meine ältere Schwester." Schweigend gehen wir weiter.

Ich läute vorsichtshalber an, um meine Familie nicht zu überfallen. Ich bin so nervös. Ich weiß nicht, was mich erwartet. Es kann so viel passieren. Im schlimmsten Fall schmeißt mein Papa, Jack hochkant bei der Tür hinaus. Meine Schwester öffnet. Sie lächelt mich an. Im selben Moment blickt sie entgeistert an Jack hinauf. Ihr Mund steht offen. Sie stolpert einen Schritt zurück und ich fürchte, dass die Tür gleich wieder zufällt. In weiser Voraussicht trete ich einen Schritt vor. „Jack, das ist meine Schwester Sylvia. Sylvia, das ist Jack! Jack streckt ihr lächelnd seine Hand entgegen. Sylvia steht noch unter Schock und weicht unwillkürlich noch einen Schritt zurück. Jack sieht sie mit hochgezogenen Augenbrauen an. „Sylvia!" Sie sieht mich an. Ich sehe sie beschwörend an.

Endlich reicht sie ihm zögerlich die Hand. Man merkt ihr an, dass er ihr unheimlich ist. Schnell zieht sie sich wieder zurück. „Hallo, Sie müssen Jack sein! Kommen Sie herein!", meine Mutter kommt aus der Küche und rettet die Situation mit ihrer offenen Art. Sie reicht ihm die Hand und zieht ihn so über die Schwelle. Er vergisst ganz zu antworten. Er ist überrumpelt von dieser Gegensätzlichkeit, die nicht größer sein kann. Sie lässt ihn los und umarmt und küsst mich. Sie schiebt uns weiter und schließt die Tür. Noch haben wir nicht alles überstanden. „Manuel! Sarah und Jack sind da!", ruft meine Mutter ins Wohnzimmer. Ich hole tief Luft. Mein Vater kommt heraus.

„Hallo Papa! Das ist Jack!" Jack schiebt sich neben mich und hebt seine rechte Hand: „Hallo Herr Shiva!" Ich halte die Luft an. Was kommt jetzt? Mein Vater mustert Jack von oben bis unten. Er sieht mich und Jack abwechselnd stumm an. Sowohl Jacks, als auch die Miene meines

Vaters sind undurchdringlich. Zögerlich streckt Papa seine Hand aus. Zischend entweicht die Luft aus meinen Lungen. „Hallo Jack!" Ich fange an zu plappern. Die Situation ist unerträglich! „Jack ist Programmierer und will sich meinen Laptop anschauen. Also dann bis später!" Ich ziehe Jack resolut in mein Zimmer. „Sarah!", meine Mutter stoppt mich. Sie sieht Jack schmunzelnd an. „Ich wollte Jack fragen, ob er Zeit hat, nachher Kaffee mit uns zu trinken?" Ich schaue Jack an. „Ja sehr gerne Frau Shiva! Danke!"

Dann sind wir endgültig im Zimmer. Ich schließe demonstrativ die Türe, sodass wir nicht mehr gestört werden. Sofort nimmt er mich in seine Arme. „Hey beruhige dich wieder. Atme! Es ist fast vorbei. Dein Vater hat es gut aufgenommen. Viel kann nachher auch nicht mehr passieren!" Er küsst mich vorsichtig auf meine Lippen. Ich seufze in den Kuss hinein. Adrenalin schießt noch durch meinen Körper. Ich brauche ein Ventil dafür. Ich spüre, dass Jack lacht. „Warum lachst du?" „Weil es lustig ist. Die Reaktionen deiner Familie können nicht unterschiedlicher sein! Deine Schwester hat Angst vor mir. Deine Mutter ist offen für alles. Dein Vater taxiert mich von oben bis unten und denkt sich wahrscheinlich, ob ich überhaupt gut genug für seinen Liebling bin!" Da hat er wahrscheinlich genau ins Schwarze getroffen. Meine Angst ist noch nicht ausgestanden. Der Kaffee schwebt noch wie eine schwarze Donnerwolke über uns.

„Aber jetzt zeig mir deinen Laptop!" Ich gehe zu meinem Schreibtisch und ziehe Jack hinter mir nach. Jack setzt sich sofort auf meinen Sessel. Seine Konzentration ist voll auf die Hardware vor ihm gerichtet. Ich setze mich auf mein Bett und beobachte ihn. Immer wieder wird die Stille durch das Klappern seiner Finger auf der Tastatur unterbrochen. „Wo hast du das Ladekabel?", unterbricht er mich beim Starren. Ich stehe auf und ziehe es aus der Schublade vor ihm. Sofort steckt er es ein. Dann klappert es weiter. Ich beobachte weiterhin seine Miene. Hin und wieder zieht sich seine Stirn zusammen, dann glättet sie sich wieder. Auch seine Nase kraust sich kurz. Das sieht lustig aus. Ich muss lachen.

„Was?!", brummt er, nicht den Blick vom Gerät nehmend. Ich sage nichts. Er hat nicht wirklich eine Antwort erwartet. Ich lerne ihn in seinem Arbeitsmodus kennen. Es fasziniert mich. Diese neue Seite an ihm gefällt mir. „Fertig!" Er lehnt sich entspannt zurück und lächelt mich an. Was?! Das waren vielleicht fünfzehn Minuten! Ungläubig stehe ich auf. Das war ein Klacks!" Großspurig nimmt er mich auf den Schoß und küsst meinen Nacken. Ich will mir das anschauen und drehe mich zum Tisch. Es schaut gut aus. „Was hat er gehabt?" „Du hast dir einen Virus eingefangen. Den habe ich eliminiert und dir eine ordentliche Virenschutzdatei heruntergeladen." Begeistert und dankbar schaue ich ihn an und küsse ihn hingebungsvoll auf den Mund.

Jack

Sofort öffne ich meine Lippen für sie und sauge diese köstliche Zunge in mich hinein. Sie stöhnt auf. Sie zeigt ihre Geilheit offen. Es törnt mich total an. Ich öffne ihren Hosenknopf, der für mich kein besonderes Hindernis darstellt. Der Reißverschluss ist offen. Ich spreize ihre Schenkel für mich und fühle mit meinen Fingern ihre Scham. Sie ist nicht rasiert. Ich stehe auf rasierte Schamlippen. Vielleicht kann ich sie dazu animieren? Später...Jetzt muss ich mich erst einmal um sie kümmern. Ich streichle sie. Ihre Schamlippen spreize ich vorsichtig. Sie hält ganz still. Sie macht mich einfach nur geil. Süß...Mein Kuss wird wilder. Mein hartes Teil unter ihrem Schenkel schmerzt. Ich reibe mich an ihr und stöhne vor Geilheit in ihren Mund hinein. „Glaubst du, dass wir uns ausziehen können?", flüstere ich. Sie nickt. „Ich habe zugesperrt."

Sofort steht sie auf und zieht den Rest der Kleidung aus. Gierig sehe ich ihr zu. Ich streichle meine Beule und grinse. „Was?" „Es ist ein Genuss, wenn man merkt, dass eine Frau es eilig hat, sich vor einem auszuziehen!" Sie verdreht die Augen. Dann fängt sie an, mich auszuziehen. Fahrig zerrt sie an meinem T-Shirt, dann gleich an meinem Hosenknopf. Sie hat es eilig. Ich bin so was von... Aber ich will nichts überstürzen und lasse sie erst einmal.

Sarah

Endlich ist auch er nackt. Es ist das erste Mal, dass ich ihn so sehe! Mannomann! Dieser Körper ist der helle Wahnsinn! Ausgeprägte Brustmuskeln und ein Eightback! Ich habe es schon gefühlt und die Muskelstränge gezählt, aber es zu sehen ist etwas ganz anderes. Tattoos schmücken einen seiner Arme bis über seinen Schultergürtel. Das muss ich mir einmal genauer ansehen, aber nicht jetzt. Keine Zeit...Er steht vor mir und wartet ab. Seine Augen glänzen dunkel vor Erwartung. Sein Penis steht von seinem Körper ab. Ich lecke mir über die Lippen. Währenddessen sind seine Hände seitlich ausgebreitet und er präsentiert sich. So ein Angeber! Ich lege mich auf mein Bett und ziehe ihn auf mich...„Fick mich!" „Mein Gott Sarah! Wenn du das so sagst, kann ich mich nicht länger zurückhalten! Es ist so lange her!", und beugt sich zu mir hinunter. „Wir haben nicht viel Zeit. Mama wird bald anklopfen!" Er lacht über meine Ungeduld. Dann richtet er sich noch einmal auf und zieht ein Kondom aus seiner Hose und stülpt es über seinen großen Penis. Fasziniert schaue ich ihm zu. So etwas habe ich in natura noch nie gesehen. Mein Mund steht offen. „Süße, du wirkst auf mich noch so unschuldig!", ruft er aus. „Ist das schlecht?" „Nein!", seine Finger prüfen meine Nässe. Sie ficken mich. Ich wimmere leise auf. Es tut etwas weh. Seine Finger sind lang und stark. Aber ich will es. Er greift mir an meine Brüste. Er nimmt meine Brustwarzen zwischen Zeigefinger und Daumen und zwirbelt und zwickt sie. Es schmerzt. Aber ich halte es aus, atme durch den Schmerz, der sich in totale Lust wandelt. Himmlisch....Dann leckt er darüber. Wahnsinn! Der Nachhall in meiner Muschi ist es wert, den Schmerz auszuhalten. „Du bist klatschnass Süße!" Ja...Ich werde rot. Es bringt mich immer wieder in Verlegenheit, wenn er so mit mir redet. Er bringt mich in Position. Seine Penisspitze berührt meinen nassen Eingang. Ich kreise ungeduldig mein Becken. „Halt still!" Ich kann nicht. Ich bin bereit. Ich schaue ihm in die Augen. Der gierige Glanz in seinen blauen Augen törnt mich unglaublich an. Gleichzeitig macht er mich verlegen. Ich schließe die Augen...Ich zucke ihm entgegen. Ich kralle meine Nägel in seinen Arsch und ziehe ihn an mich. „So ungeduldig! Mach die Augen auf, Süße!", fordert er. Ich starre direkt in seine dunkelblauen, fast schwarzen Augen. Er neckt mich, indem er seine dicke runde Eichel etwas hineinschiebt und wieder herauszieht. Seine Größe lässt mich zweifeln, ob er überhaupt in mich hineinpasst. Aber er war schon drinnen! Es hat anfangs wehgetan. Ob es wieder so ist? Ich verkrampfe mich. „Entspanne dich! Es tut nicht mehr weh! Ich passe auf! Ich werde dich genug weiten, dass es diesmal ohne Schmerzen geht!" Er weiß, was in mir vorgeht. Ich entspanne mich etwas. Seine dicke Eichel schiebt sich weiter vor. Ich halte die Luft an. „Komm endlich!" ich werde ungeduldig. Mit einem Stoß versenkt er seinen dicken Schaft in meine Enge. Ich beiße in seine Schulter um einen Schrei zu unterdrücken. Als er sicher sein kann, dass ich ruhig bleibe, legt er ächzend sein Gesicht in meine Halsbeuge und saugt sich fest. Er legt meine Schenkel um seine Hüften. Ich habe geglaubt, viel mehr geht nicht. Aber ich bin jetzt noch offener für ihn. Er fängt an, sich in mir zu bewegen. Seine vorsichtigen Stöße lassen mich ungeduldig werden. „Mach schon!" Er lacht. Nun fängt er an, mich durchzuficken. Ich muss aufpassen, dass ich nicht wieder zu schreien anfange. Ich stöhne immer lauter. Er fängt meinen Mund ein und erstickt meine Laute mit seiner Zunge.

Ich blende meine Umgebung aus. Ich klammere mich mit Armen und Beinen an ihm fest. Seine Stöße machen mich wahnsinnig. Er keucht. Seine Arme sind links und rechts von mir aufgestützt. Seine Armmuskeln zittern vor Anstrengung, weil er sein eigenes Gewicht stemmen muss. Aber seine Stöße werden immer wilder, immer gröber. Um meine Schreie abzumildern küsst er mich fast bis zur Atemnot...Dann überschwemmt mich die pure Ekstase. Ich kann mich gar nicht einkriegen. Ich bin orientierungslos! Die Intensität eines herannahenden Orgasmus lässt mich beinahe abdriften. Verzweifelt versuche ich die drohende Finsternis zu verscheuchen...Ich beiße Jack brutal in seine Schulter. Ich schmecke Blut. Ich lecke es ab. Der metallene Geschmack hält mich bei Sinnen. Ich sauge mich fest. Dennoch ist es noch nicht vorbei...Die schier nicht enden wollende übergroße Woge überrollt mich mit einer Wucht, dass ich schreien möchte. Er hält mir den Mund zu, damit er Luft holen kann. Der Orgasmus trifft uns zeitgleich. Sein Gesicht ist verzerrt in die Höhe gereckt. Sein Mund steht weit offen, als hätte er Probleme Luft zu holen...Ein letzter Stoß und er spritzt sein Sperma in das Kondom. Meine vaginalen Muskeln zucken wie verrückt und melken noch den letzten Tropfen aus ihm heraus. Schwer atmend legt er sich schließlich schwer auf mich. Vorsichtig nimmt er seine Hand von meinem Mund. Gierig schnappe ich nach Luft. Ermattet liege ich unter ihm. Sein Gewicht macht mir nichts aus. Sein erschlaffter Penis ist noch in mir. „Das war phänomenal, Süße! Du süchtig machendes kleines Luder!", grinsend, noch immer schwer atmend, gibt er mir einen Kuss und steht auf. Er zieht den Gummi ab, macht einen Knoten und wirft ihn in den Mistkübel unter dem Schreibtisch.

Er nimmt sich Taschentücher aus seiner Hose und wischt mir die Scham von meinem Saft trocken und hilft mir auf. Etwas wackelig auf den Beinen halte ich mich an ihm fest. Ich strauchle. Er wartet ab. Dann ziehen wir uns an. Ich öffne das Fenster um frische Luft hereinzulassen und beuge mich aus dem Fenster, um mein erhitztes Gesicht abzukühlen. Er steht neben mir. Er reicht mir eine Bürste. Oh Gott, wie muss ich aussehen! „Du siehst wundervoll aus! Aber etwas zerzaust! Komm ich helfe dir." Er bürstet vorsichtig meine verfilzten Haare. Ich nehme, mit einem Augenrollen, die Bürste an mich. Mit kräftigen Bürstenstrichen bringe ich meine Haare in Form. „Bist du soweit, um deinen Eltern gegenüber zu treten?" Er sieht mich prüfend an. Nein! Ich bin nicht soweit. Hätten wir mit dem Sex nicht warten können? Sie werden es mir ansehen! Oh mein Gott!

Es klopft. „Sarah, kommt ihr? Der Kaffee ist fertig!", Sylvia. Ich nehme tief Luft. „Wir kommen!" Jack nimmt mich an der Hand. Wir stehen immer noch beim offenen Fenster. Er fragt mich stumm, ich nicke. Ich atme tief ein und aus...

Dann gehen wir hinaus. Meine Familie ist schon in der Küche versammelt. Meine Mutter hat den Tisch liebevoll gedeckt. Alles wegen meines Freundes! Spontan gebe ich ihr einen Kuss auf die Wange. „Danke!", flüstere ich ihr ins Ohr. Dann rutsche ich in die Bank hinein und ziehe Jack neben mich.

Jack

Ich bin entspannt, im Gegensatz zu Sarah. Sie rutscht auf ihrem Arsch hin und her. Ich will wieder ihren Arsch rot sehen! Stopp! Keine sexistischen Gedanken jetzt. Ich muss einen guten Eindruck machen. Ich warte ab, bis irgendwer etwas sagt. Ich muss nicht lange warten. Der Vater richtet sofort das Wort an mich: „Nun, sie sind der

Freund meiner Tochter. Sie sind kein gewöhnlicher Freund, was ich an ihrer Kleidung erkennen konnte." Ich habe jetzt nur das T-Shirt an. Die Jacke habe ich in ihrem Zimmer liegen lassen. „Sehe ich das richtig?" Wir sehen uns in die Augen. Keiner will den Blick senken. „Herr Shiva, wenn Sie es so betrachten, haben Sie wahrscheinlich Recht." „Sie verstehen, dass wir etwas besorgt sind?" Ihr Papa redet durch die Blume. Warum kann er nicht konkret sagen, was Sache ist? Rocker sind Außenseiter der Gesellschaft und gefährlich für das Seelenheil der eigenen Tochter. „Erzählen Sie von sich, damit wir uns ein Bild von Ihnen machen können, wer oder was Sie sind!" „Was möchten Sie wissen?" Ich spüre eine Hand auf meinem Oberschenkel, die ich sofort festhalte. „Was haben Sie gelernt? Was machen Sie beruflich?" „Ich habe Elektronik gelernt. Ich habe vor einem Jahr die Matura absolviert. Mein Chef hat mir die Matura bezahlt. Im Herbst habe ich auf der Universität inskribiert. Ich bin Programmierer bei IT-Technologies. Ich arbeite auf Werksvertragsbasis und habe deshalb auch die Zeit in die Vorlesungen der WU zu gehen."

Sarah

Wow! Ich habe einen richtigen tollen Fang gemacht! Deshalb war er auch in der Mensa! Vielleicht erfahre ich noch etwas Neues? Ich muss ein paar Fragen überspringen und mir neue ausdenken. „Was studierst du?", ich riskiere einen Seitenblick. Jack guckt mich liebevoll an. Ich bin wie gebannt von seinen Augen. Wir verlieren uns ineinander. Räuspern. Äh, wir sind nicht alleine! „Ich habe mich in Betriebswirtschaft eingeschrieben und werde auch den Zweig in der Programmiersprache besuchen." Wow... Ich sehe ihn bewundernd an. Seine blauen Augen sind wieder intensiv auf mich gerichtet. Seine Hand auf meinem Oberschenkel drückt zu. Sofort kribbelt ein Gefühl in mir hoch, das ich hier lieber nicht weiter verfolgen möchte. Jetzt halte ich seine Hand dort fest.

„Da bin ich aber sehr überrascht, Jack. Ich darf Sie so nennen? Wie heißen Sie wirklich?" „Jack ist mein Spitzname. In meinem Club bin ich immer schon Jack gewesen. Mein richtiger Name ist Noah Jackson. Mein Vater ist gebürtiger Amerikaner, meine Mutter Österreicherin." „Sie heißen Jackson?", mein Vater ist nachdenklich geworden. „Jetzt ist aber Schluss mit der Fragestunde! Außer jemand hat noch etwas Dringendes auf dem Herzen?", meine Mutter sieht sich um. Keiner sagt etwas. Sie gießt jedem Kaffee nach und fordert Jack auf, sich noch extra Kuchen zu nehmen. „Er schmeckt sehr gut Frau Shiva!" Ich entspanne mich etwas. Mein Vater weiß jetzt einiges. Er muss das alles erst verarbeiten. Er ist sehr ruhig geworden. Trotzdem beobachtet er Jack jede Minute, als will er noch etwas sagen. Aber er bleibt still. Sylvia sagt die ganze Zeit kein Wort. Sie sieht Jack nie an. Als würde es ihr peinlich sein, mit einem Rocker an einem Tisch zu sitzen. Jedes Mal, wenn sie doch einen Blick auf seine tätowierten Arme riskiert, versucht Jack sie mit seinem Blick einzufangen. Er provoziert sie absichtlich! Ich kneife hart seinen Oberschenkel. Er grinst mich an. Silvia ist verstört. Sie sitzt still neben mir und sagt kein Wort, bis ich mich zu ihr drehe. „Sylvia, möchtest du heute mit uns ins ‚Together' gehen? Wir feiern dort meinen Geburtstag. Julie kommt auch dorthin." „Äh ich weiß nicht! Sind da auch normale Leute?" Jack prustet laut los. Er kann sich nicht mehr einkriegen. Ich bin fassungslos über so viel Naivität meiner Schwester. „Wenn du meinst, ob dort außer Rocker, auch andere Leute sind, so kann ich dir sagen, dass es vorkommt, dass sich hin und wieder jemand dorthin verirrt. Aber glaube mir, es ist lustig, sich mit einem Rocker zu unterhalten." „Okay, aber lass mich nicht alleine!"

Die Kaffeejause geht, dank meiner Mama, entspannt weiter. Nach einer Stunde läutet mein Telefon und ich gehe hinaus. „Hi Sarah. Wann treffen wir uns? Haben wir etwas Spezielles vor?" „Hallo Julie! Jack ist bei mir zu Hause!" „Oh mein Gott! Wie haben es deine Eltern aufgenommen?" „Es war alles cool! Können wir uns im Club treffen? Sylvia geht auch mit." „Klar! Fährst du nicht mit dem Motorrad mit? Dann nehmen Sylvia und ich die Straßenbahn." Ich frage Sylvia und wende mich wieder dem Gespräch zu: „Alles klar. Sylvia ruft dich gleich zurück!" Ich gehe in die Küche. „Wo ist Jack?" „Papa hat Jack um eine Unterredung gebeten. Sie sind im Wohnzimmer!"

Was wird das jetzt? Was gibt es noch zu reden? Es ist doch alles gesagt worden. Er wird doch Jack jetzt nicht vertreiben wollen? „Keine Sorge, es passiert ihm nichts!" Meine Mutter versucht mich wohl zu beruhigen.

Jack

Herr Shiva sieht mich an. Offensichtlich hat er auf die Gelegenheit gewartet, mich in Abwesenheit von Sarah anzusprechen: „Jack kann ich dich kurz alleine sprechen? Gehen wir ins Wohnzimmer!" „Klar!" Ich folge ihm ins andere Zimmer und setze mich abwartend in einen Polstersessel. „Nun, wie stehst du zu meiner Tochter?" „Äh, ich mag sie sehr gerne. Sie geht mir unter die Haut." „Ihr hattet schon Sex?" „Muss ich das beantworten?" „Nicht wirklich. Aber du weißt, dass sie erst dreiundzwanzig ist? Du scheinst mir sehr viel älter zu sein!" Jetzt wird es ungemütlich. „Ja. Ich habe erst vor kurzem erfahren, dass sie heute Geburtstag hat. Ich weiß, dass ich früher hätte fragen müssen. Sie ist sehr viel jünger als ich. Es tut mir leid." „Äh, lassen wir das vorerst.", Herr Shiva räuspert sich.

„Ich kenne deinen Vater, Jack. Er und ich waren beste Kumpels! Wir waren die Gründer der heutigen Cobras! Unsere Bande war wohl noch nicht so ausgeprägt wie heute." Ich habe mich wohl verhört! Ich weiß, dass mein Vater bei den Cobras gewesen ist und auch bei den Anfängen mitgewirkt hat. Aber ihr Vater?! Ich lache laut auf. Ha...ha...ha...Sarah hat sich gefürchtet, dass ihr Vater kein Verständnis für Leute wie mich aufbringen kann. „Was ist da so lustig daran?" „Nichts, Herr Shiva!", versuche ich mich gewaltsam zu beruhigen. „Jason und ich haben uns aus den Augen verloren. Dadurch dass ich zwei Töchter bekommen habe, bin ich weg von der Szene. Ich wollte es meinen Töchtern nicht zumuten. Ich möchte, dass du meine Telefonnummer deinem Vater gibst. Er soll mich so bald als möglich anrufen! Wir müssen das besprechen!" Was wollen die besprechen? Meine Beziehung zu Sarah? Was wird das jetzt? Er gibt mir einen Zettel mit der Nummer, den ich Papa morgen aushändigen soll. Okay. Damit habe ich kein Problem. Papa wird mir einiges erklären müssen. Herr Shiva steht auf und reicht mir die

Hand: „Noch eines! Ich will, dass du sie beschützt und ihr nicht wehtust! Ich habe mich mit den gängigen Regeln der Cobras längst vertraut gemacht. Sie sind rauer geworden als zu Anfang."
Mannomann! Ich sitze in der Scheiße, wenn er erfährt, dass ich schon eine Bestrafung an ihr vollzogen habe! Und er wird es erfahren...

Sarah

Ich sitze wie auf Nadeln. Was hat Papa mit Jack zu besprechen? Will er, dass Jack mich in Ruhe lässt? Kann er das nicht auch mit mir besprechen!? Ich bin alt genug um das selbst zu entscheiden! Nach einer gefühlten Ewigkeit kommt Jack endlich aus dem Wohnzimmer. Ich sehe ihn fragend an. Ich bemerke, dass er einen Zettel in seine Jeans steckt. Er schüttelt unmerklich den Kopf. Also warte ich, bis wir alleine sind. Er streckt meiner Mutter die Hand

hin: „Danke für den Kaffee, Frau Shiva. „Keine
Ursache Jack. Ich freue mich, wenn ich sie wieder
einmal begrüßen darf!" Das ist sehr lieb von
meiner Mama! Zu Sylvia sagt er nur: „Wir sehen
uns dann?" Sie nickt argwöhnisch mit dem Kopf
und nimmt fast unmerklich Abstand.
Anscheinend ist ihr Jack noch immer nicht ganz
geheuer.

Dann stehen wir auf der Straße. „Was war das
denn? Was hat Papa mit dir geredet?" Er sieht
mich an und meint: „Er hat mir Dinge erzählt, von
denen ich nichts geahnt habe. Mein Vater soll ihn
anrufen. Die beiden kennen sich von früher."
„Was? Wieso denn? Woher?" „Das weiß ich auch
nicht." Es wird immer komischer.

Jack nimmt meine Hand und geht mit mir auf den
Parkplatz. Er setzt mir den Helm auf und zieht
mich hinter sich auf seine Harley. Er lässt den
Motor aufheulen. Fest umklammere ich ihn von
hinten. Meine gespreizten Finger liegen auf

seinem flachen Bauch gepresst. Es regt mich an, noch mehr zu erkunden und meine Finger gehen auf Wanderschaft.

Sofort spüre ich seine kräftige Hand, die meine Finger festhält. Ich bleibe brav und er greift wieder auf seinen Lenker. Innerhalb kurzer Zeit parken wir auf dem Parkplatz, in der Nähe des Clubs. Er nimmt seinen Helm ab und hilft mir bei meinem und sichert beide auf dem Motorrad. Dann nimmt er mein Gesicht in beide Hände und küsst mich mitten auf den Mund. Mmhh! Lecker!

„War nicht so schlimm bei deinen Eltern, oder?" „Nö!" Ich küsse ihn wieder und wieder. „Danke, dass du mir den Laptop auf Vordermann gebracht hast! Was bekommst du dafür?" „Mädchen! Für dich mache ich das umsonst. Für diesen geilen Nachmittag…." Ich werde rot, wenn ich nur daran denke, was wir in meinem Zimmer getrieben haben und das mit meinen Eltern nebenan! „Ich hoffe nur, dass nichts durch die Wände durchgedrungen ist. Ich könnte meinen Eltern lange nicht mehr in die Augen sehen!" Er lacht.

Er hat gut lachen! Es sind ja nicht seine Eltern! Ich ziehe böse die Augenbrauen nach oben.

Warum tut sie das?

Sarah

„Komm, schauen wir noch zum Fluss? Es ist noch sonnig und warm." Ich hake meine Finger in seine und wir schlendern zum Park nahe des großen Flusses. Hier ist auch ein beliebter Aufenthaltsort der Jungs und Mädchen aus der Stadt. Überall sitzen sie über die Wiese verstreut und chillen. Wir suchen uns einen freien Platz. Jack zieht seine Lederjacke aus, damit wir uns darauf niederlassen können. Es ist gemütlich und wirklich sehr warm. Bald fällt mir Papa wieder ein: „Jack, sag mir sofort, was Papa von dir wollte!" „Na...ja, zuerst hat er mich ausgefragt, wie ich zu dir stehe. Er behauptet, meinen Vater von früher zu kennen und hat mir seine Telefonnummer aufgeschrieben, dass er ihn zurückrufen soll. Das war's." Ich überlege. Da ist noch mehr. Das hätte Papa in unser aller Gegenwart sagen können. „Und da war nicht mehr?", ich schaue ihn skeptisch in die Augen. Irgendetwas verschweigt er mir. „Nein!" Ablenkend küsst er mich wieder. Er lockt mich mit seiner Zungenspitze entlang meiner Lippen, auf dass ich sie für ihn öffne. Ich sauge zärtlich seine Zunge in mich hinein. Meine Hände liegen in seinen Haaren vergraben und wühlen sich die weichen hellen Strähnen durch. Er stöhnt und zieht mich auf seinen Schoß. Ich lege nun meine ganze Gier in diesen Kuss. Ich spüre seine Erregung an meiner Mitte. Sein Penis drängt sich gegen sein Gefängnis. Ich reibe mich daran und Jack drückt mich fester an sich.

Bald liege ich auf der, am Boden ausgebreiteten Jacke. Wie ich da hingekommen bin, weiß ich nicht. Jack liegt halb auf mir. Ich genieße sein Gewicht. Ich habe mich noch immer an seinen Lippen festgesaugt. Seine Hände drucken an mein Schambein. Durch den Jeansstoff ist es nicht so intensiv. Aber dennoch sehr anregend. Ungeduldig hebe ich mein Becken an. Sein Bein legt sich zwischen meinen. Er reibt seine Beule an mir und gleichzeitig kneten seine Hände meine Brüste. Er sucht nach meinen Warzen, zwickt und zieht schmerzhaft daran. Stöhnend biege ich meinen Rücken durch und werfe schnell einen Blick durch die Gegend. Die Menschen um uns herum sind mit sich selbst beschäftigt. Trotzdem komme ich mir etwas zu verrucht vor. Nicht ganz jugendfrei... Mit ganzer Kraft wehre ich seine erotischen Attacken ab. „Nicht hier!"

Unwillig knurrend, gibt mich Jack frei. Bald gehen wir zurück. Wir betreten den Club. Julie und Sylvia sitzen schon an einem Tisch, umringt von mehr Jungs als Mädchen. Ich schaue zu meiner Schwester. Es scheint ihr gut zu gehen. Sie unterhält sich mit einem anderen Mädchen. Julie flirtet quer über den Tisch. Es liegt ihr im Blut. Trotzdem lässt sie sich nicht einfangen. Ich bewundere sie, wegen dieser Fähigkeit. „Hallo Schwesterherz, geht's gut?" „Oh, hallo Sarah! Ja, ja, alles cool!" Na... dann! Jack hat uns zwei Cola geholt und wir setzen uns an denselben Tisch.

„Heute ist Disco! Tanzt du wieder für mich, Süße?", raunt er mir ins Ohr. „Es war doch gestern Disco. Wieso heute auch?" „Wir haben extra für deinen Geburtstag eine eingeplant?!"

Wow! Ich bin sprachlos. Julie grinst mich an. Sie hat es gewusst und mir nichts gesagt! „Du darfst dir heute die Songs aussuchen! Timo macht den DJ!", schreit sie zu mir rüber. Ich sehe zu Timo. Er winkt mir zu. Wow! Ein heißer Abend nur für mich! Das ist der Vorteil eines Clubs wie diesen. Man kann eine Party feiern, wann immer man will. Es muss nicht lange geplant und nichts Großartiges auf die Beine gestellt werden. Eine Disco braucht nur Musik und einen Mann, der die Songs abspielt. Etwas dämmriges Licht und eine freie Fläche zum Tanzen. Die Bar haben wir oben und sitzen können wir überall. Praktisch. Toll.

Dann geht es schon los. Timo legt zum Aufwärmen flotte Songs auf. Ausgelassen tanzen Julie, Sylvia und ich herum. Ich freue mich, dass

Sylvia Spaß hat. Ich habe schon Angst gehabt, dass sie schockiert ist, wenn sie mit so vielen Rockertypen konfrontiert ist. Sie hält von Jack immer noch Abstand. Keine Ahnung wieso. Ich muss sie fragen, wenn wir alleine sind. Jetzt tanzen wir. Mir ist schon heiß. Aber es ist lustig.

Die Männer stehen an die Wand gelehnt herum. Aber ich spüre, dass wir beobachtet werden. Wir Mädels ignorieren sie. Wir haben Spaß und das alleine zählt. Der Song wechselt zu einem heißen Beat. Jack schmiegt sich von hinten an mich. Er hält sich an meinen Hüften fest und presst seine an meinen Hintern. Aneinander geschmiegt, mit den Hüften kreisend, bewegen wir uns weiter. Meine Arme liegen um seinen Hals. Angetörnt durch diese Haltung, reibe ich mich immer heftiger an seinem Körper. Seine Hände wandern zu meinem Bauch.

Dann sehe ich ihn. Ein neuer Typ. Ich habe in meiner Position volle Sicht auf ihn. Jack ist hinter mir. Der Typ schaut zu uns herüber. Er bleibt stehen und starrt weiterhin zu uns. Den Kopf auf Jacks Brust zurückgelehnt, blicke ich unter halb geschlossenen Lidern zu dem Fremden hin. Jack hat sein Gesicht an meinen Hals gepresst. Er merkt nicht, dass ich abgelenkt bin. Voller Hingabe, angetörnt, bewege ich mich mit Jack. Langsam… Ich lecke über meine Lippen und beobachte den Typ. Er sieht kurz auf meine Lippen. Er taxiert meinen gestreckten Körper von oben bis unten. Es gefällt ihm, denn er lächelt…Seine Hände sind in den Hosentaschen und er geht lässig weiter in den Raum. Ich kreise mit meinen Hüften und taxiere ihn dabei. Ich provoziere absichtlich einen unbekannten Mann! Was bin ich für ein Luder! Ich drehe mich voller Lust zu Jack um und animiere ihn zu einem Kuss. „Süße!", stöhnt Jack, „Mein Schwanz tut schon so weh!" Ich stoße mit meinem Becken kurz dagegen. „Hör sofort auf damit! Sonst muss ich mit dir hinaus! Los tanz für mich!" Ich gebe ihm einen Stups, damit er mich frei gibt. Dann lege ich los. Jack geht mit langsamen Rückwärtsschritten zurück bis zur Mauer. Er legt eine Hand an seine Beule und rückt sich seinen Steifen zurecht. Mit gierigen Blicken beobachtet er meine erotischen Bewegungen. Meine Blicke schweifen immer wieder auf den Fremden ab. Er fasziniert mich. Es macht mich tierisch an. Keine Ahnung wieso. Aber ich tanze ab.

Jack geht hinaus. Was ist da los? Er wollte, dass ich für ihn tanze?! Ich bin etwas irritiert. Aber was soll's! Ich zucke mit meinen Schultern und wende mich dem Fremden zu. Nun tanze ich ausschließlich für den Fremden. Er leckt sich über die Lippen und greift sich in seinen Schritt, der inzwischen auch sehr eng geworden ist. Wow! Er ist erregt. Meinetwegen? Er kommt langsam auf mich zu. Oh Gott! Was mache ich jetzt? Er schmiegt sich ebenfalls von hinten an mich und presst sich fest mit seinem Becken an meines. Er reibt sich an meinen Arschbacken. Ich will mich nicht wehren. Der Mann törnt mich tierisch an.

Einen kurzen Augenblick habe ich ein schlechtes Gewissen. Aber nur kurz. Wenn Jack meint, er kann einfach verschwinden! Mittendrin! Ich reibe mich an dem Mann hinter mir. Ich gehe an seinem muskulösen Körper in die Hocke, drehe mich mit dem Gesicht zu ihm und lasse mich von seiner Hand in der Hocke halten. Dann ziehe ich mich wieder aufwärts. Langsam. Kurz halte ich an seinem Schritt inne. Er legt eine Hand an meinen Nacken und stößt mein Gesicht einen winzigen Augenblick an seine Beule. Ich zeige Zähne. Wir blicken uns einen winzigen Atemzug in die Augen. Dann komme ich weiter nach oben und schlinge locker meine Arme um seinen Hals und lege mein Gesicht an seinen harten muskulösen Oberkörper. Ich spüre seinen schnellen Puls. Es lässt ihn nicht kalt. Er hebt mein Gesicht zu sich empor und küsst mich. In meiner Geilheit erwidere ich seine wilde Unbeherrschtheit und unsere Zungen beginnen einen wilden hungrigen Tanz...

Jack

Timo hat mir mit der Hand gewunken, dass ich hinaus kommen soll. Es muss etwas Wichtiges sein. Er würde mich nicht, aus einer Laune heraus, von meinem Mädchen wegholen. Er war sowieso mit Silvia beschäftigt.

„Was gibt's? Ich hoffe für dich, dass es wichtig genug ist. Julie tanzt gerade für mich da drinnen." „Hey Jack, komm runter! Die Black Angels haben sich wegen Bobby gemeldet! Sie wollen Vergeltung. Sie wollen kein Blutvergießen. Dafür aber verhandeln." „Oha! Ist Bobby wieder auf dem Damm? Ich habe ihn noch nicht gesehen. War wohl nicht so schlimm?" „Nein, er liegt noch im Krankenhaus." „Ok, dann mach etwas aus. Du weißt, dass ich abends immer Zeit habe! Hören wir uns an, was sie zu sagen haben! Frag sie, wann und wo. Wo auch immer, es muss ein neutraler

Boden sein!" „Ich werde Kontakt aufnehmen und sage dir Bescheid." „War das alles? Mein Mädchen wartet!" „Ja."

Ich eile zurück in den Musikraum und halte Ausschau. Die Tanzfläche ist gerammelt voll. ich sehe sie nicht. Ich gehe weiter hinein. „Hey, wo ist Sarah?" Ich folge dem ausgestreckten Finger auf die Tanzfläche. Ich sehe noch einmal hin…Ich spüre wie ein roter Schleier über meine Augen zieht. Meine Gedanken schalten sich aus…Sie knutscht mit einem Typen! Scheiße! Was soll das?! Ich weiß nicht einmal, wer das ist. Keiner von uns…Es muss ein Typ sein, der sich hier herein verirrt hat. So eine Schlampe! Konnte sie nicht auf mich warten? Muss sie sich den Nächstbesten nehmen, der ihr zur Verfügung steht? „Schlampe!" Knurrend balle ich meine Fäuste… Mit meinen Ellbogen rammle ich, ohne Rücksicht auf andere, durch die tanzenden Leiber, die sofort eine Schneise bilden. Sarah ist so in den Typen verkeilt, dass sie nichts um sich wahrnimmt. Alle Blicke sind, gierig auf das kommende, auf mich gerichtet. Keiner traut sich einzuschreiten. Ich habe volle Aufmerksamkeit! Na warte! Deine Strafe wird heute saftig ausfallen! Ich lasse mir von dir keine Hörner aufsetzen! Ich bin ein Cobra! Ich nehme sie hart am Handgelenk und schleudere sie voller Wut von ihm weg. Ich sehe nur mehr, wie sie auf dem Boden bis zur Wand schlittert. Es ist mir egal. Infolge einer Handbewegung von mir, stellen sich meine Kumpels um sie herum. Meine Männer haben Sarah umzingelt. Keiner darf zu ihr, bis ich es anders entscheide. Das ist Gesetz.

Ich winke zwei meiner Kumpels zu. Sie wissen, was zu tun ist. Sie nehmen den Typen an den Oberarmen fest und zerren ihn in eine dunkle, schwer einsehbare Hausecke hinter dem Clubhaus. Mit bösen Blicken auf die anderen, auf das mir keiner in die Quere kommt, folge ich unheilbringend hinaus...„Wer bist du?", frage ich ihn wütend. „Was wollt ihr von mir!", der Kerl wehrt sich heftig: „Hey, lasst mich los, ihr Arschlöcher!" Ein Kinnhaken auf seine linke Schläfe lässt seinen Kopf zurückschnellen. Aber er richtet sich sofort wieder auf. Blut tropft von seiner gebrochenen Nase auf sein T-Shirt. Er hat keine Chance. „Ich stelle hier die Fragen, du antwortest!", belle ich ihn an. Sein Blick richtet sich abfällig auf mich: „Bist du angepisst, dass ich die Schlampe nach dir noch ran genommen habe? Du kannst sie wieder haben!", er spuckt vor mir aus. Dafür ramme ich ihm eine Faust in seinen Magen. Der Mann stöhnt laut auf. Er ist hart im Nehmen und richtet sich wieder auf. „Also, wer bist du?" „Carlo. Ich bin zufällig hier vorbei gekommen und habe die Musik gehört." „Warum hast du dir mein Mädchen gekrallt?" Er grinst mich unverschämt an. Meine Faust rammt präzise auf seinen Solarplexus. Er krümmt schmerzerfüllt seinen Körper. Meine Männer richten ihn wieder auf. „Antworte!" „Sie hat mich angestarrt. Es waren eindeutige Zeichen! Sie hat für mich getanzt, als du raus bist. Wie eine Pool Tänzerin.

Sie hat mich angezogen, wie eine Motte. Ich konnte nicht widerstehen!" Ich boxe erneut in seinen Magen. Diesmal aus Frust. Ich weiß wie sexy sie sein kann, wenn sie tanzt. Ich reagiere mich ab und lande noch ein paarmal, bis meine Kumpel mich zurückhalten. „Halt! Er liegt schon auf dem Boden! Du bringst ihn um!" Ich keuche. Ich kann mich kaum beruhigen. Mein Mädchen führt sich auf wie eine Schlampe! „Geh rein zu Sarah! Wir zwei bringen Carlo weg und rufen die Rettung. Dann können wir mit Sarah los. Okay? Okaay?!", sie schütteln mich an der Schulter, bis ich wieder meinen Kopf klar bekomme und auf sie reagiere. Dann gehe ich...

Ich bin wütend, rasend. Sarah kann heute etwas erleben! Ich bin nicht umsonst hier der Boss! Knurrend stampfe ich zurück...

Sarah

Plötzlich werde ich von dem Mann losgerissen und weggeschleudert. Ich lande auf meinem Rücken auf dem Boden. Au! Das tut weh! Zwei Freunde aus der Rockerbande von Jack schnappen den Unbekannten an seinen Armen, links und rechts und zerren ihn aus dem Raum. Jack folgt ihnen. Ich springe auf und will hinterher. Die restlichen Gangmitglieder sperren mir den Weg ab. „Was soll das?! Lasst mich sofort durch!" „Du wartest hier auf Jack!" Mir ist sauschlecht. Was passiert da draußen? Es gibt sicher eine Prügelei. Ich muss mich beruhigen, sonst kotze ich noch dorthin, wo ich gerade stehe. Ich muss mich hinsetzen. Meine Knie sind butterweich und so kauere ich mich auf den Boden, inmitten der Männer und atme bewusst Luft in meine Lunge und wieder aus. Mit geschlossenen Augen versuche ich mich langsam zu beruhigen, derweil ich gezwungen bin abzuwarten...Ich muss an Bobby denken. Er ist noch immer nicht aufgetaucht! Sie haben ihn meinetwegen krankenhausreif geprügelt und jetzt ist wieder einer dran! Ich blicke starr vor mich hin und schlinge meine Arme um mich und wippe vor und zurück. Ich nehme wahr, dass Julie und Sylvia hinter meinen Bewachern stehen. Die Gang schirmt mich ab, wie eine undurchdringliche Mauer. Es darf keiner zu mir. Das ist nicht gut. Voller Vorahnung und Angst warte ich auf das, was kommen wird.

Jack steht vor mir. Seine Arme sind vor seiner Brust verschränkt. Mit zusammengezogenen Augenbrauen beobachtet er mich finster, bis ich einknicke und die Augen niederschlage. Jetzt ist es soweit. Ich weiß, dass ich Mist gebaut habe. Er geht vor mir in die Hocke und sieht mich stumm an. Ich kann nicht erkennen, was er denkt. Seine Miene ist undurchdringlich. „Es tut mir leid!", flüstere ich voller Grauen. Ich habe Angst. Ich bin zu weit gegangen. Ich bin es mir voll bewusst.

Ich strecke meine Hand seinem Gesicht entgegen. Er weicht mir aus. Langsam steht er auf und zieht mich am Oberarm in die Höhe und lässt nicht mehr locker. Er zerrt mich hinter sich hinaus. Die Gang folgt uns. Sie bilden eine Front. Sie wissen was sie zu tun haben. „Sarah!" Ich blicke zurück und sehe Julie kreidebleich mit Sylvia an ihrer Seite stehen. Jetzt weiß ich, was mir blüht. Meine Bestrafung wird nicht aufgeschoben. Mein Gott hilf mir! Bitte lass es schnell vorbeigehen!

Jack

Ich weiß, was ich mit ihr mache. Ich schleife sie am Oberarm hinter mir zu unseren Motorrädern und setze ihr den Helm auf. Mein Gott, sie ist kreidebleich! Ich kann es ihr nicht ersparen. Ich will es ihr nicht ersparen. Ich bin stocksauer. Gehört sie nicht mir? Will sie mich nicht so, wie ich sie will?! Aber vorerst muss ich klären, ob sie schwanger ist. Ich kann sie mit einem Baby im Bauch nicht bestrafen. Den Test habe ich ja schon in meiner Jackentasche für alle Fälle. Wir können das vor Ort klären.

Ich bin wütend auf sie. Ich habe geglaubt, dass sie auf mich genauso abfährt, wie ich auf sie! Aber nein! Kaum bin ich weg, nimmt der Nächste meinen Platz ein! Das muss ich jetzt ein für alle Mal klären. Ich ziehe sie hinter mich auf den Sozius. Fast zeitgleich röhren die Maschinen der Mannschaft auf. Wie auf Kommando fahren wir gleichzeitig weg. Es ist ein stilles Übereinkommen. Jeder weiß, was jetzt kommt. Ich bin überzeugt, Sarah weiß es auch. Diesmal ist kein anderes Mädchen dabei. Unser Ziel ist wieder der Stützpunkt der Cobras. Ich hole Sarah vom Sozius und halte sie am Oberarm fest. Sie soll wissen, dass sie nicht fliehen kann. Auch wenn ich sie auslassen würde, sie könnte hier nicht weg. Sie ist von allen umzingelt, wie von einer undurchdringlichen Mauer. Aber ich brauche den Kontakt zu ihr. Sie ist mein…

„Männer! Wir stehen hier, um der Schlampe hier in unserem Kreis zu zeigen, wie wir mit ihresgleichen umgehen." Sie ist merklich zusammen gezuckt. Aber ich kann auf sie jetzt keine Rücksicht mehr nehmen. „Sie hat aus ihrer ersten Bestrafung nicht gelernt. Es war zu wenig, deshalb schlage ich vor, dass zwanzig Peitschenhiebe notwendig sind, um sie zur Vernunft zu bringen!"

Ich sehe jeden einzelnen Kumpel in die Augen. Jeder einzelne nickt mit dem Kopf. „Also ist es einstimmig beschlossen!"

Ich wende mich an Sarah. Sie hat die Augen fest verschlossen. Einzelne Tränen kullern über ihre Wangen. Ihre Arme sind um ihren Körper verschlungen, als wäre ihr kalt. Ich muss darum kämpfen, dass ich nicht weich werde!

„Bevor wir wirklich die Bestrafung durchführen können, muss ich wissen, ob du schwanger bist oder nicht! Sarah, weißt du es inzwischen?" Sie reagiert nicht mehr. Sie steht stocksteif da. „Sarah! Antworte!" Verzagt schüttelt sie den Kopf.

„Dann komm mit!" Ich nehme sie mit in das Haus auf die Toilette. „Während ich die Gebrauchsanweisung lese, ziehst du dir schon einmal die Hose runter. Aber dalli!", ich muss hart bleiben.

Ich habe so etwas noch nie gemacht. Aha, diesen Stab unter den Urinstrahl halten und abwarten, ob ein oder zwei Striche auftauchen! Das kann nicht schwer sein. Zur Kontrolle habe ich noch einen zweiten Test gekauft. „Weißt du, wie das funktioniert?" Sie nickt und reißt mir den Test aus der Hand. „Geh hinaus, sonst kann ich nicht!", schnieft sie. „Oh nein! Du machst das jetzt neben mir! Ich warte!" „Ich kann nicht, wenn mir jemand zuschaut!" Genervt drehe ich mich um. „Mach schon!" Ich höre es plätschern. Geht doch! Ich nehme ihr den Stab aus der Hand. Sofort halte ich ihr den zweiten hin. Jetzt ist sie nicht mehr so zimperlich. Sie lässt es zu, dass ich ihr den Stab darunter halte.

Mann, es törnt mich schon wieder an, wie es aus ihr herausspritzt! Meine untere Region regt sich schon. Ich muss mich zusammen reißen! Ich muss hart bleiben! Während sie sich mit dem Toilettenpapier säubert und ihre Hose wieder hinaufzieht, drehe ich mich um und richte meinen erigierten Penis zurecht. „Ich warte vor der Tür." Ich schreibe gewissenhaft das Datum und Name auf alle zwei Verpackungen. Ich will es später belegen können, dass wir einen Test gemacht haben. Reine Vorsichtsmaßnahme. Man weiß nie, für was das später gut sein soll.

Ich schaue auf die zwei Stäbe. Alle zwei haben einen Strich. Was war bei einem Strich? Ich lese die Gebrauchsanweisung wieder durch. „Nicht schwanger. Sarah es geht los!" Entgeistert sieht sie mich an. Jetzt wäre sie wahrscheinlich lieber schwanger. Aber ich bin froh, dass sie es nicht ist. Nicht, dass ich auf eine Bestrafung heiß bin. Ich will es nicht.

Aber meine Rockerehre muss verteidigt werden!

Sarah

Oh Gott! ich sterbe vor Angst. Er will mich auspeitschen! Das halte ich nicht durch!

Jack ruft mich. Ich muss mich dem Unausweichlichen stellen. Ich mache vorsichtig die Klotür auf. Jack fasst mich schmerzhaft am Oberarm und zerrt mich hinaus. Die Bande steht noch immer im Kreis. Sie haben gewartet!

„Der Test ist negativ!" Jack zeigt beide Tests hoch. Sie sollen nur symbolisch gezeigt werden. Ich bin überzeugt, dass alle hier versammelten Männer keine Ahnung von dem haben was Jack hier so großzügig zeigt. Ich ja auch nicht. Aber laut Gebrauchsanweisung kann ich nicht schwanger sein.

Oh Gott. Ich weiß, was das bedeutet! Warum kann ich nicht schwanger sein! Oh Gott, lass es schnell vorbei gehen!

„Sarah! Sie mich an!" Ich halte die Augen fest geschlossen. Ich halte das nicht aus! Ich zucke zusammen, als Jack zu reden anfängt. „Sarah du hast dich wie eine Schlampe benommen. Du hast mich vor allen anderen als Buhmann dastehen lassen.

Wir Cobras werden nicht betrogen! Dafür wirst du mit zwanzig Peitschenhieben bestraft. So haben es alle beschlossen! Hast du irgendwas zu sagen?"

Ich sehe ihn kaum mehr. Meine Augen sind blind von den Tränen: „Es tut mir so leid! Bitte verzeih mir!", flüstere ich.

„Dafür ist es jetzt zu spät! Du weißt, dass du mich das zweite Mal betrogen hast?" Jack steht bedrohlich, mit vor der Brust verschränkten Armen, vor mir. Hoch aufgerichtet, den Kopf erhoben, wartet er auf eine Antwort.

Es kommt keine mehr von mir. Meine Kehle ist wie zugeschnürt. Meine Tränen laufen jetzt ungehindert über mein Gesicht. Mit hängenden Armen und gesenktem Kopf stehe ich vor ihm und warte auf meine unabdingbare Strafe.

„Sarah ziehe dich nackt aus und stelle dich dorthin, wo das Seil vom Giebel hängt!", befiehlt er mir.

Nicht schon wieder! Die Scham, nackt zu sein vor allen Männern, sitzt mir noch immer in den Knochen! Ich schäme mich in Grund und Boden.

Jack steht unnachgiebig, wie ein Vollstrecker, vor mir.

„Verzeih mir!", flüstere ich ihm noch einmal zu. Dann beginne ich mich meiner Kleidung zu entledigen. Nackt stelle ich mich vor ihn hin. Den Kopf gesenkt. Ich traue mich nicht, zu ihm hoch zu blicken! Jack fesselt meine Hände an dem Seil am Giebel und zieht mich soweit hinauf, dass ich noch am Boden stehen kann. Ich schluchze auf. Ich habe fürchterliche Angst. Es wird wahnsinnig wehtun. Das weiß ich.

„Sarah ich werde zuerst mit leichten Schlägen beginnen. Die Männer werden mitzählen." Der erste Knall erschallt. Der erste Hieb auf meinem Po! Au! Das tut weh! Ein leichter Schlag? Wie tun dann die festen weh?! Oh mein Gott! Nein!

„Eins!", im Chor zählen die tiefen Stimmen der Männer mit. Der zweite ist leichter zum

Aushalten. Ich kann mich besser darauf einstellen. Aber es tut verdammt weh! Es sind noch so viele.

Jack! „Es tut mir leid! Bitte hör auf damit! Es tut mir so leid!", weinend und schreiend bettle ich um Mitleid. Aber er kennt keine Gnade.

Jack

Sarah wehrt sich noch in den Fesseln. Sie bettelt, dass ich aufhören soll. Dies ist unmöglich, auch wenn ich es wollte! Die Männer erwarten, dass ich es durchziehe. Wo kämen wir hin, wenn wir weich werden?

Sie sieht großartig aus. Noch lässt sie sich nicht unterkriegen! Ich bin stolz auf sie. Ich darf ihr nicht ins Gesicht sehen. Sonst kann ich mich nicht konzentrieren. Die Hiebe müssen präzise ausgeführt werden. Ich verletze sie sonst. Ich mag sie noch immer. Ich war der Erste bei ihr. Das geht unter die Haut.

Ich hole wieder aus. Sofort setze ich vier hintereinander. Meine Männer zählen mit. Sie schreit los. Sie wehrt sich. Immer wieder schreit sie: „Es tut mir leid, Jack!" Mir auch. Aber da müssen wir beide durch. Der nächste Peitschenhieb.

Ich bin der Beste mit der Peitsche. Ich weiß meine Hiebe einzusetzen. Ich schone sie. Es geht auch anders. Aber das würde zu viel für sie. Ihr Rücken und ihr Arsch haben schon rote Striemen kreuz und quer. Ich schlage ihr das gekreuzte Muster.

Sie schreit nicht mehr. Sie lässt den Kopf hängen. Sarah halte durch! „Sarah, du hast es gleich geschafft." Sie wimmert nur mehr leise. Ihr Körper zuckt. Ihre Tränen tropfen herunter. Sie schreit nicht mehr.

„Es tut mir leid!", nuschelt sie noch ein letztes Mal. Die letzten Hiebe setze ich in schneller Folge hintereinander. „Zwanzig!" Ich nehme die tiefen Stimmen meiner Brüder erleichtert in mich auf. Ich seufze. Schnell werfe ich die Peitsche auf den Boden und wende mich Sarah zu.

Sie rührt sich nicht mehr! Verdammt! Ich mache mir Sorgen. Ist es zu viel gewesen? Ich löse sie von ihren Fesseln und fange sie auf. Sie hängt ohnmächtig in meinen Armen. „Männer! Mein Mädchen hat ihre Schuld gebüßt! Hat noch jemand Einwände?" Die Kumpels schütteln die Köpfe und verstreuen sich.

Ich trage sie in das Haus und lege sie vorsichtig auf die Matratze. Ich kann nicht anders. Ich muss sie auf den Mund küssen.

Ihr verheultes Gesicht zeigt noch immer keine Regung. Sorgenvoll blicke ich auf sie hinunter. Ich lege meine Finger auf ihren Hals um nach ihren Puls zu fühlen. Er ist da. Schwach, aber regelmäßig. Ich gehe zum Schrank an der Wand und hole eine Heilsalbe für die Striemen. Wenn sie mir nichts bedeuten würde, wäre es mir egal, wie sie mit ihren Striemen auf dem Körper klar kommt. Bestenfalls hätte ich sie von irgendjemanden behandeln lassen. Aber mein Mädchen lasse ich von niemanden anfassen!

Sie ist mein!

Sarah

Ich wache auf einem Bett auf. Nackt. Noch will ich nicht erkennen lassen, dass ich wieder wach bin und rühre mich nicht. Der Rücken brennt entsetzlich. Ich will gar nicht wissen, wie er aussieht.

Ob Jack da ist? Oder bin ich alleine? Ich halte mich noch ruhig. Ich versuche zu blinzeln, aber ich sehe nichts. Meine Augen sind von den vielen getrockneten Tränen verklebt. Mein Arm fällt seitlich von der Matratze hinab. Ich kann es nicht verhindern und schreie gepeinigt auf. Es tut so weh! Der Schmerz ist höllisch und der Rücken und mein Po brennen wie Feuer!

„Sarah, wie geht es dir? Komm mach die Augen auf!" Vorsichtig öffne ich die Augen. Seine muskulösen Arme sind wie Säulen, links und rechts neben mir, aufgestützt. Seine wunderschönen blauen Augen sehen mich besorgt an.

„Verzeih mir!", flüstere ich wieder und wieder. Ich bin so traurig. Ich liebe ihn. Ich verstehe, warum er es tun musste. Ich schäme mich so. Er sieht mich ohne Kommentar an.

„Komm ich helfe dir! Du musst dich auf den Bauch drehen!" Jack nimmt meinen Arm und zieht mich hinüber. Ächzend lasse ich ihn. Dann spüre ich seine von Creme glitschigen Finger vorsichtig über meine Wunden streichen. Es wütet höllisch. Es dauert zu lange. Ich protestiere nicht mehr. Mein Hals ist verdammt rau vom Schreien. Mein Körper ist vor Anstrengung völlig erschlafft.

Ich will aufstehen. Ächzend und vor Schmerzen stöhnend, versuche ich es und strauchle. Die Wände drehen sich um mich. Immer schneller und schneller. Ich sacke ab. Jack zieht mich sofort an sich.

„Langsam Süße! Du kannst noch nicht gehen. Du kippst um. Trink den Saft! Der hilft dir schnell wieder zu regenerieren. Du bist ausgelaugt. Deshalb bist du auch schwindlig!"

Gierig trinke ich das Glas fast leer. Ich bleibe wo ich bin. Es tröstet mich. Seine Arme liegen beschützend auf mir. Mein Kopf liegt ermattet auf seinen Brustmuskeln. Trotz der Schmerzen finde ich es schön, so in den Armen von Jack zu liegen. Ich bin nicht böse auf ihn, aber furchtbar traurig. Ich bin nicht fair gewesen.

Er küsst mich vorsichtig auf meinen Scheitel. Ich hebe schwerfällig das Gesicht. Ich will richtig geküsst werden und muss auch nicht lange bitten. „Was kann ich tun, dass du mir verzeihst, Jack? Bitte sag es mir!"

Er zieht die Augen in die Höhe! Schmerzvoll schließe ich meine. Habe ich es verspielt?

„Blas mir einen! Damit ich dir den Mund mit meinem Sperma auswaschen kann. Du hast einen Fremden geküsst!" Schockiert gucke ich ihn an. Ich zögere, aber mein Körper rutscht schon auf den Boden vor seine Beine. Ich öffne seine Hose und sein erigierter Schwanz federt mir entgegen.

Ich mag eine Schlampe sein! Aber ich mag seine Schlampe sein! Ich lecke von seiner Schwanzspitze bis über den Schaft zu seinen

Hoden hinunter. Ich nehme seine Hoden einzeln in den Mund und sauge sie zärtlich.

Sein Arsch bewegt sich unruhig. Ich lecke mich an der dicken Ader wieder hoch. Ich schmecke lustvoll den Tropfen, der auf dem Spalt glänzt. Er stöhnt laut auf. „Ja, du machst das gut! Ja! Ja mach weiter!" Er beginnt mit seinem Becken entgegen zu stoßen. Ich stülpe meine Lippen über den Schaft und schiebe mich weiter hinunter.

Mann das ist so geil. Ich kann gar nicht aufhören. Ich wichse seinen Luststab mit der Hand und lasse den voll erigierten Schaft in meinem Mund hin und her gleiten. Meine Zunge spürt jede Unebenheit auf der weichen Haut auf und Jack nimmt meinen Kopf zwischen seine Hände. Langsam, aber unerbittlich schiebt sich immer mehr in meinen Mund hinein.

Oje. Da geht es nicht weiter. Ich muss würgen. Jack hör auf! Meine Tränen beginnen wieder zu fließen. Er drängt mich immer weiter. „Atme ruhig durch die Nase ein!" Jack hat leicht reden! Ich würge. Ich fange an, mich zu wehren. Aber er lässt mich nicht weg. Ich spüre den Hoden an meinen Lippen. Sein Schwanz ist mehr als zwanzig Zentimeter lang! Mir ist schlecht. Ich konzentriere mich auf die Atmung. Dann wird es leichter. Ich werde ruhiger. Der Würgereiz lässt nach.

Jack packt mich fester. Sein Atem ist mindestens so angespannt wie meiner. Er stöhnt anhaltend und fickt mich schnell und hart in den Mund. Ich ergebe mich und halte still. Meine Hände krallen sich krampfhaft in seine Arschbacken. Es ist anstrengend. Aber ich will für ihn durchhalten. „Ich werde dir meinen Saft auf die Zunge spritzen. Schluck es!" Ja bitte…

Er zieht seinen Luststab etwas zurück. Sein Zittern verrät mir, dass es soweit ist. Ich halte den Mund weit auf und strecke die Zunge hinaus.

Dann kommt sein Sperma in Schüben auf meine Zunge. „Schluck! Es kommt noch eine Ladung!" Ich schlucke brav. Es ist gewöhnungsbedürftig. Noch einmal mache ich den Mund weit auf, bereit für die nächste Fontäne. Mit einem letzten, laut brüllenden Erlösungsschrei entlädt er sich vollends auf meiner Zunge. Er schließt mit dem Zeigefinger meinen Mund und befühlt mit seiner großen Hand meine Kehle beim Schlucken.

Mit einem zufriedenen Grinsen im Gesicht, setzt er sich entspannt auf die Matratze. „Komm zu mir, Süße. Ich bin noch nicht fertig mit dir!" Er hat seinen Orgasmus gehabt. Was will er noch? Ich bin ausgelaugt. Ich kann nicht mehr...

Jack

Mannomann! Das war geil. Sie gehört mir. Ich lasse sie nicht mehr los. Ich will sie noch ficken. Von hinten! Ich will ihre Bestrafung sehen! Ich merke, dass sie erschöpft ist. Aber einmal geht noch! Ich bin scharf auf sie! „Dreh dich um, auf alle Viere!" „Warum? Ich bin müde! Mir tut alles weh. Alles brennt höllisch! Ich will nach Hause!"

„Du kommst schon rechtzeitig nach Hause! Einmal nehme ich dich noch von hinten. Du kannst schreien. Meine Männer mögen das! Dein Arsch sieht geil aus! Dein ganzer Rücken hat die Zeichnung von der Peitsche! Es törnt mich unheimlich an!"

Ich lasse ihr keine Wahl und drehe sie auf den Bauch. Ich hebe sie an den Hüften in die Höhe und fühle an ihrer Muschi. „Mädchen, du bist ja klatschnass! Was hat dich so geil gemacht? Sag es mir!" Sie ist verlegen. Sie ist rot geworden! Ich liebe das an ihr!

„Sag es mir!", flüstere ich ihr ins Ohr und beiße sie in den Hals und lecke darüber. Sie windet sich. Sie drängt ihren Arsch meinen fickenden Fingern entgegen. „Dir rinnt deine Geilheit schon heraus! Sag es mir!"

Sie windet sich und wimmert. „Steck mir endlich deinen Schwanz in meine Vagina!" Ich muss lachen. „So ungeduldig! Sag es mir!" Sie wimmert noch lauter. Sie will mehr! „Dein Schwanz in meinem Mund hat mich angetörnt!" Aha! Jetzt hat sie es gesagt.

Ich bringe meinen inzwischen wieder voll erigierten Penis in Position. Ich dränge mich langsam in ihre enge Muschi hinein. Wieder heraus und weiter hinein. Sie ist ungeduldig. Sie drängt mich. „Bleib drinnen! Es füllt mich so gut aus! Ja! Jaaaa! Das ist so guuut!" Mit einem harten Stoß zwängt sich mein Schwanz ganz in sie hinein.

Sie zuckt zusammen und schreit erschrocken auf. Ja, schrei! Lauter! Sie greift nach meinen Hoden. Mein Schwanz wächst noch mehr.

Mann, bin ich heiß! Dieser Anblick ihres Rückens, ihres Arsches! Phänomenal!

Ich klatsche auf ihre voll entflammte Arschbacke. Sie schreit gequält auf. Aber es törnt sie an, denn sie zieht ihre Muskeln sofort zusammen. Meine gierige Länge zuckt ob der Muskelkontraktionen. So eng...

Lange halte ich es nicht mehr aus. Ich schlage noch einmal zu. Mein Schwanz wird brutal gepresst. Mannomann! So etwas habe ich noch nie erlebt. Geil ohne Ende! Sie wimmert.

Sie fängt an, stoßweise zu keuchen! Sie fickt zurück. Immer schneller. Ihre Schreie sind lang anhaltend. Ich will, dass wir gleichzeitig kommen. „Komm Sarah, jetzt!"

Sarah

Er macht mich noch fertig. Es ist so brutal von hinten! Jetzt greift er mir an die Muschi. Dieser eine Punkt ist hoch empfindlich und er weiß es genau.

Er reibt, zwickt und rubbelt diesen Punkt. Er fickt mich hart. Ich schreie mir schon die Lunge aus dem Leib. Ich kann nicht mehr! „Komm, für mich Sarah! Jetzt!" Es ist Ekstase pur! Seine befehlende Stimme gibt mir den Rest, lässt mich erzittern und ich lasse los.

Gleich einem Tsunami kündigt sich der alles brechende Orgasmus an. Wogen schlagen über mir zusammen. Ich vergesse, wo ich bin, was ich bin. Es zählt nur das Jetzt. „Ja! Jaaa! Jaaack!" Ich kann meinen zitternden Körper nicht mehr beruhigen. Ich presse meine Muskeln um ihn zusammen. Er erzittert und sein Sperma spritzt heiß in mich hinein. Es ist ein unglaubliches Gefühl.

Er fickt mich noch immer. Diesmal nicht mehr so schnell und hart. Sondern langsam und ausdauernd.

„Es ist genug! Hör auf!" Ich wehre mich. Aber er hält meine Hüften in seinen stahlharten Fäusten fest. Er hört nicht auf. „Es geht noch einmal!" Ich spüre es tatsächlich wieder in mir hochkommen. Seine Finger greifen wieder um mich herum und zwirbeln meinen hoch empfindlichen Punkt. Aahh! Jaaa! Ich kommeee!

Dann sacke ich erschöpft zusammen. Jack liegt mit seinem ganzen Gewicht auf mir drauf. Es ist mir egal. Die brennenden Schmerzen sind zum Aushalten. Ermattet liege ich so, wie ich mich habe fallen lassen. Jack rollt sich von mir runter und bleibt neben mir liegen, bis sein Atem wieder normal ist.

Er steht auf und geht nach nebenan. Kurz darauf kommt er mit einem nassen Lappen und wischt mir den Schweiß von Gesicht und Körper. Dann nimmt er einen anderen Lappen und wischt mir vorsichtig die Muschi vom Sperma sauber. Erneut behandelt er mich mit seiner Heilsalbe. Dann küsst er mich und lächelt mich wieder an. Er macht mich glücklich. Ich liebe ihn.

„Komm, wir müssen wieder fahren. Ich bringe dich nach Hause." Jack zieht mich von der Matratze und wir gehen hinaus.

„Hast du es ihr jetzt gezeigt, wer ihr Mann ist?", Charlie grinst Jack an. Dieser nickt. „Klar!"

Ich schaue weg. Es ist mir zu peinlich. Alle wissen darüber Bescheid, was wir da drinnen getrieben haben. Jack kehrt den ganzen Kerl heraus. Peinlich!

Arztbesuch

Sarah

Ich bin spät zu Hause. Es ist still. Meine Eltern schlafen schon. Leise gehe ich ins Bad und wasche mich gründlich. Ich möchte frisch riechen. Mein Körper schmerzt und riecht nach Sex, nach Jack. Ich will es abwaschen. Ich will es vergessen.

Dann klopfe ich vorsichtig an die Tür von Sylvia. „Bist du schon da?" Es ist stockfinster. „Ja!" Sie setzt sich auf und klopft mit der Hand auf ihr Bett.

Ich gehe zu ihr und setze mich.

„Was war los? Julie wollte mir nichts sagen! Aber sie war hochgradig nervös! Es war mit ihr nichts mehr anzufangen!" „Ach Sylvia! Jack hat mich mitgenommen und mich bestraft, weil ich mit einem anderen getanzt und geknutscht habe!"

„Wie bestraft?!", sie sieht mich verwirrt an. Ich seufze. „Das Gesetz der Cobras sagt, dass sie das Mädchen bestrafen müssen, wenn sie fremdgeht!" „Oh!" Sylvia denkt nach. Sie kann es sich nicht annähernd vorstellen. Bevor ich es nicht am eigenen Leib erfahren hätte, hätte ich genauso reagiert. „Wie haben sie dich bestraft?" „Ich denke, dass du es nicht wissen willst!" „Willst du es mir nicht sagen?"

Oje, jetzt habe ich sie beleidigt.

„Wenn du es unbedingt wissen willst, er hat mich mit zwanzig Hieben ausgepeitscht!" Sie schaut mich an. Ich sehe an ihrer Miene, wann diese Information in ihr greift. Langsam, aber sicher verzerrt sie sich zur Ungläubigkeit, dann zu Entsetzen.

„Oh mein Gott! Ist es jetzt aus, mit dir und Jack? Das ist ja furchtbar!" Sie umarmt mich. Sofort zucke ich schmerzvoll zusammen. Sie zieht mir das Pyjama Oberteil in die Höhe und dreht die Lampe so, dass sie alles sehen kann. „Sarah! Grauenvoll! Du musst es sofort Papa zeigen! Er weiß, was zu tun ist!" Sofort halte ich ihr den Mund zu. Es wäre eine Katastrophe wenn Mama und Papa wegen unseres Gesprächs aufwachen!

„Oh nein! Wir sagen gar nichts! Jack und ich haben uns wieder versöhnt." Verständnislos, als hätte ich nicht alle Tassen im Schrank, guckt sie mich an. Ich gebe ihr einen Kuss auf die Wange und gehe in mein Bett.

Am nächsten Morgen erwartet mich das nächste Problem. Scheiße! Daran habe ich nicht gedacht. Ich kann es nicht ändern. Was mache ich jetzt? Heute ist Wellnesstag mit der Familie. Wenn die Eltern meinen Rücken sehen, flippen sie aus!

Mit gemischten Gefühlen setze ich mich an den Frühstückstisch. „Morgen!" „Guten Morgen Sarah! Hast du deinen Geburtstag genossen? Wir haben dich gar nicht nach Hause kommen hören. Ist es spät geworden?" Meine Mutter ist so aufmerksam. Sie küsst mich auf den Scheitel.

„Ja... war lustig!", ich ersticke fast an meiner Lüge. Oh Gott! Wie sage ich es ihnen?! Ich habe mich verschluckt und huste. Ich lasse meinen Husten etwas andauern. „Du wirst doch nicht krank?" „Nein, Mama!"

„Mama!", Sylvia kommt herein. Sie sieht etwas erhitzt aus. „Mama, mir ist schlecht!" Besorgt, wie meine immer Mutter ist, obwohl wir schon Erwachsene sind, greift sie ihr gleich auf die Stirn. „Sylvia, du bist ja ganz heiß! Du fieberst ja! Schnell, geh wieder ins Bett! Ich mach dir gleich einen Kräutertee!" Sylvia verkriecht sich mit schleppenden Schritten in ihr Zimmer.

Papa kommt herein und setzt sich gegenüber von mir. Er greift mir auf den Rücken und küsst mich auf die Wange. „Guten Morgen, Schatz! Wo ist

Sylvia?" Ich zucke zusammen. Der Rücken ist heute Morgen empfindlicher, als es beim Aufstehen den Anschein gehabt hat!

„Morgen Papa! Sylvia ist wieder im Bett! Sie fiebert." „Oje, oje, da haben wir aber Pech heute! Der Wellnesstag fällt für sie aus. Das ist aber schade!"

Meine Gelegenheit! „Papa, was ist, wenn du mit Mama alleine fährst? Macht euch zu zweit einen schönen Tag. Ich bleibe bei Sylvia und passe auf." Papa fackelt nicht lange und schaut zwinkernd zu meiner Mutter: „Süße, wie wär's mit uns zwei alleine?" Er blinzelt ihr zu. Nach einem kurzen Zögern – ganz die besorgte Mama – grinst sie und nickt.

Süße? So nennt Jack mich auch! Papa nennt meine Mutter Süße?! Ich muss grinsen. „Mein Lieber, die Gelegenheit müssen wir nutzen. Macht es dir wirklich nichts aus Sarah? Es wäre dein

Geburtstags Ausflug gewesen." Ich schüttle den Kopf. Macht mir nichts aus.

Als die Tür von außen geschlossen wird, gehe ich zu Sylvia. „Sie sind weg. Danke, dass du noch nichts gesagt hast." Sylvia springt aus dem Bett und geht in die Küche. Etwas irritiert folge ich ihr. „Was ist los mit dir?"

„Ich habe geglaubt, die gehen überhaupt nicht mehr! Mensch habe ich Hunger! Machst du mir Kaffee?" „Du bist gar nicht krank?" „Nein! Du kannst unmöglich mit deinem Rücken in die Sauna gehen!"

Jetzt kapiere ich es! Sie hat es für mich getan. Ich schlinge meine Arme um sie und küsse sie schmatzend auf beide Wangen. „Danke! Du bist ein Schatz!" Dann mache ich uns beiden Kaffee. Ich sehe ihr zu, wie sie sich eine Semmel richtet und kräftig hineinbeißt. „Jetzt erzähle du, Sylvia! Was hast du gestern im Club gemacht?"

Sylvia lächelt leise. „Ich habe mich verguckt.",
und wird rot im Gesicht. „Nein! Wer ist es?"
„Timo?" „Wie geht das? Er war doch die ganze
Zeit dabei, die Songs auszuwählen! Dann war er
mit uns unterwegs!" „Ich weiß. In der Disco hat
er mich gefragt, ob ich ihm helfen würde, die
Songs auszusuchen. Da ich deine Schwester bin,
kenne ich deinen Geschmack besser, hat er
gemeint. Er hat auch mit mir getanzt. Huch!" Sie
wedelt mit ihrer Hand, als würde ihr jetzt noch
heiß sein.

„Als ihr weg wart, sind Julie und ich nach Hause.
Sie hat gesagt, es wird nicht mehr besser! Sie hat
grauenvoll ausgesehen. Wenn ich gewusst hätte,
was dir blüht, wäre es mir auch nicht gut
gegangen!

Mensch Sarah, das muss so wehgetan haben! Wie
konnte Jack dir das antun!", Sylvia ist sehr besorgt
um mich. Dafür liebe ich sie!

„Sylvia überlege es dir gut! Das ist ein Rocker wie Jack! Die haben ihre Regeln, die strikt eingehalten werden. Du weißt, was mit mir passiert ist!" Ich schaue sie beschwörend an. „Er wird schon einen Grund gehabt haben. Warum hat er dich eigentlich so zugerichtet?"

Äh, das ist mir jetzt aber schon etwas peinlich. Kleinlaut beichte ich ihr, was ich angestellt habe. „Siehst du, ich habe recht gehabt. Wie kannst du nur!", sie sieht mich empört an.

„Ein Gutes hat es ja gehabt. Er hat mir ein unvergessliches erstes Mal geschenkt!" „Du meinst, er hat dich gestern das erste Mal gebumst?" „Äh, nein. Das war letztes Mal!", ich werde rot.

„Wie? Er hat dich schon vorher bestrafen müssen? Mensch Sarah! Reiß dich zusammen! Du bist doch kein Flittchen!" „Ja, ich weiß. Ich schäme mich ja so! Aber wenn langsame Musik gespielt wird, fange ich an zu träumen und brauche einen Partner zum Anlehnen! Jack war die beiden Male nicht da." „Ich kann nur sagen, treib es nicht zu weit!" Sylvia sieht mich kopfschüttelnd an. „Komm, ich behandle deine Striemen!"

Habe ich schon erwähnt, dass ich meine Schwester liebhabe?

Julie fängt mich am Anfang der Woche in der Mensa ab. „Mensch Sarah! Wieso hast du mich gestern nicht angerufen! Ich habe es ein paar Mal läuten lassen! Du hebst nicht ab! Ich mache mir riesige Sorgen!"

Ich zerre sie mit zum Klo. „Komm! Ich zeig dir was los war!" Ich nehme sie mit in eine Kabine und sperre uns ein. Ich lasse sie meinen Rücken sehen. Vor Schreck schreit sie auf. „Sarah, das ist ja schrecklich! War das Jack?!" Ich nicke und halte ihr den Mund zu. Wir sind nicht alleine. Nachdem ich nichts mehr höre, öffne ich vorsichtig die Kabinentür und wir schlüpfen hinaus.

„Ist es jetzt endgültig aus mit euch beiden?" „Nein. Er hat mir verziehen. Aber ich werde jetzt nicht so schnell in den Club. Ich konzentriere mich lieber auf die anstehenden Prüfungen. Habe mein Pensum schleifen lassen."

Julie schnappt empört nach Luft: „Er hat dir verziehen!? Hast du sie nicht alle? Du musst ihm verzeihen? ER hat dich ausgepeitscht!" Ich lächle sie geduldig an und warte bis sie sich beruhigt hat. Es dauert lange.

„Wir hatten danach fantastischen Sex!" Sie schüttelt erschüttert den Kopf. Dann greift sie auf meinen Kopf, ob ich nicht Fieber geschüttelt sei, ob so viel Dämlichkeit.

Meine Mutter holt mich von der Schule ab. Heute habe ich den Arzttermin bei meinem Gynäkologen Dr. Grant. Ich weiß ja schon, dass ich nicht schwanger bin. Aber ich sage nichts davon und lasse meine Mutter im Ungewissen. Außerdem brauche ich eine Verhütung.

Ich melde mich an und wir gehen in den Wartesaal bis ich aufgerufen werde. Etwas mulmig ist mir schon. Es ist das erste Mal. Was passiert da? Tut es weh? Ich habe mit Julie nicht darüber gesprochen. Es ist so viel passiert, dass ich das ganz vergessen habe.

„Frau Shiva, bitte!", ertönt es aus dem Lautsprecher.

Der Arzt ist ein nett aussehender Kerl. Er erscheint mir harmlos, nachdem ich mit einer Bande Rocker bekannt bin. Rauen Kerlen mit Tattoos den Armen entlang, Bart und langen Haaren.

„Was kann ich für Sie tun, Frau Shiva?" „Äh, ich hatte ungeschützten Sex! Außerdem brauche ich eine Verhütung. Können Sie mich aufklären, was es da so gibt?" Er schaut auf meine Mutter. „Ich nehme an, Sie sind die Mutter?" „Ja, Sarah hat mich gefragt, ob ich nicht mitkommen will. Ich bin auch daran interessiert, welche Verhütungsmethoden es heutzutage gibt!"

„Natürlich! Sie sind das erste Mal bei einem Gynäkologen, Frau Shiva?" Sieht man mir das an? Ich bin tatsächlich nervös. „Äh, ja." „Bevor wir mit der Verhütung beginnen, muss ich den Verdacht einer Schwangerschaft ausschließen. Wenn Sie mir bitte folgen wollen? Ihre Mutter kann bisweilen hier auf Sie warten."

Wir gehen nebenan. Ich bin noch immer hilflos. Jetzt noch mehr, wo meine Mutter nicht mehr an meiner Seite ist. „Es passiert Ihnen nichts. Bitte gehen Sie in die Kabine dort. Machen Sie sich unten frei und setzen sich auf den Stuhl."

Ich ziehe meine Jeans aus und gehe hinaus. „Bitte den Slip auch!" Wie bitte?! Warum? „ich bin nicht schwanger. Der Test aus der Apotheke war negativ." „Das glaube ich Ihnen gerne. Aber ich muss mich selbst versichern. Außerdem muss ich Sie untersuchen, ob sonst alles in Ordnung mit Ihnen ist." Ich gehe zurück zur Umkleide und streife zögernd meinen Slip hinunter.

Etwas panisch setze ich mich auf den Stuhl. Er zeigt mir, wie ich die Beine verankern soll. Die Liege ist etwas zurückgelegt, was mir den direkten Augenkontakt erspart. Es ist mir peinlich, so gespreizt vor einem fremden Mann zu liegen. Ergeben schließe ich meine Augen und lasse alles über mich ergehen.

„Ziehen Sie sich bitte wieder an, Frau Shiva!" Jetzt habe ich mich schon an den Stuhl gewöhnt. Die Untersuchung hatte ich weitgehend ausgeblendet. Mühsam erhebe ich mich und gehe wieder in die Kabine. Der Arzt ist noch im Untersuchungszimmer.

„Praktizieren Sie BDSM?" Wie bitte?! Was ist das? „Äh, nein? Wieso?" „Sie haben rote Striemen auf Ihren Pobacken. Sind Sie misshandelt worden?" „Nein!" „Frau Shiva, bitte sagen Sie mir, wie Sie zu diesen Verletzungen gekommen sind! Ihre Mutter kann uns nicht hören und Sie können es mir sagen. Sie wissen, alles, was Sie mir sagen, fällt unter die ärztliche Schweigepflicht. Allerdings wenn Sie misshandelt wurden, muss ich das melden!" Er sieht mich ruhig an.

„Nein!"

„Alles in Ordnung, Herr Dr. Grant?", fragt meine Mutter. Er wartet bis ich sitze, dann richtet er das Wort an mich. „Frau Shiva, es ist alles in Ordnung bei ihnen. Ob Sie schwanger sind, oder nicht, kann ich erst in drei Wochen sagen. Bitte machen Sie diesbezüglich noch einen Termin bei meiner Sekretärin aus."

Meine Mutter runzelt die Stirn: „Wie kann das möglich sein? Meine Tochter hat doch schon vor längerer Zeit ungeschützten Sex gehabt. Wir haben extra vier Wochen später einen Termin ausgemacht."

Oh mein Gott! Jack hat wieder das Kondom weggelassen! Das war erst an meinem Geburtstag! Ich ziehe schuldbewusst meinen Kopf ein. Meine Mutter merkt es mir an, dass ich ihr etwas verschwiegen habe. Ich werde rot.

„Ich denke, ich muss mit meiner Tochter alleine sprechen! Vielen Dank und auf Wiedersehen, Herr Dr. Grant!", sie gibt ihm kurz die Hand und verlässt fluchtartig den Raum. Ich verabschiede mich hastig und folge ihr.

Auf der Straße stellt sie mich zur Rede: „Also was weiß ich noch nicht?" Kleinlaut berichte ich ihr. Ich erzähle ihr auch, dass ich zwei Tests durchgeführt habe und die negativ ausgefallen sind. Die Bestrafung lasse ich lieber aus.

„Sag mal, warum sagst du mir das nicht? Was glaubst du, wie peinlich das eben war?", meine Mutter rauscht beleidigt davon. Ich gehe ihr bestürzt nach. Jetzt habe ich es vermasselt. Mit hängendem Kopf folge ich ihr.

Geständnisse

Jack

Es ist sonnig. Ich bin im Park. Ich habe mir Arbeit mitgenommen. Aber ich denke immerzu an mein Mädchen. Wie geht es ihr? Ich will nicht, dass sie mit dem Gedanken an die Bestrafung und den Schmerzen alleine ist. Ich denke, dass sich Sarah nicht so schnell im Club anschauen lassen will. Deshalb muss ich zu ihr kommen. Ich werde sie zu Hause besuchen. Hoffentlich weiß niemand Bescheid über die Bestrafung.

Bald darauf stehe ich vor ihrem Haus und läute an. „Ja?" Die Sprechanlage. „Ich bin es, Jack! Sylvia ich will zu Sarah!" „Sie ist nicht da!" „Darf ich drinnen auf sie warten?" „Okay!" Endlich! Ich drücke die Tür auf und sprinte die Stiegen hinauf. „Hi Sylvia!" „Hi!" Sie hält Sicherheitsabstand. „Bist du alleine?" „Ja! Aber es kommen gleich alle!" Sie hat Angst vor mir! „Sylvia, ich tue dir nichts!" Ich sehe sie beruhigend an, gehe hinein und mache die Tür hinter mir zu. Sie zuckt zusammen.

„Darf ich im Zimmer von Sarah warten? Ich habe mir Arbeit mitgenommen." Sie nickt und verschwindet selbst in ihrem Zimmer.

Ich sehe mich um. Es hat sich nichts verändert. Ich setze mich an ihrem Schreibtisch und klappe meinen Laptop auf und habe bald meine Umgebung ausgeblendet.

Sarah

Ich stehe im Türrahmen meines Zimmers. Ich beobachte Jack. Er sitzt an meinem Schreibtisch und ist mit seinem Laptop beschäftigt. Er hat mich bis jetzt nicht gehört. Traurig sehe ich ihn an.

Die Stimmung zwischen meiner Mutter und mir ist etwas unterkühlt. Es belastet mich. Dementsprechend kann ich mich nicht so richtig über seinen Besuch freuen.

Plötzlich dreht er sich um. Er beobachtet mich still. Wir sehen uns in die Augen, aber keiner sagt etwas. Dann steht er auf und geht langsam auf mich zu. Er breitet leicht die Arme aus und ich lege mich still hinein. Es tröstet mich.

Die ganze Situation ist nicht leicht für uns beide. Wir wissen nicht, wo wir stehen. Hat er es vermasselt? Habe ich es vermasselt? Wir wissen es beide nicht. Wir stehen nirgendwo.

„Hallo Jack!", meine Mutter unterbricht abrupt die tröstende Stille. „Wir drei müssen reden! Jetzt!" Jack sieht mich fragend an. Ich nehme seine Hand und führe ihn in die Küche. Meine Mutter sieht nicht glücklich aus. Sie trägt eine schwere Last. Mein ganzes Dilemma muss sie tragen. Sie hat Papa bis jetzt heraus gehalten.

Sie klärt Jack auf. Sie erzählt ihm von unserem Arztbesuch und dass dieser noch nicht diagnostizieren kann, ob ich schwanger bin oder nicht. Jack runzelt die Stirn. „Wir haben einen Test durchgeführt. Laut Gebrauchsanweisung kann sie nicht mehr schwanger sein!" „Da hat mir Sarah etwas anderes erzählt!"

Er schaut mich an, dann dämmert es ihm! Er fängt doch glatt vor meiner Mutter zu stottern an: „Äh... ja... also... wir hatten Sex vor ein paar Tagen. Es tut mir leid, ich... ich habe nicht an das äh... Kondom gedacht!" „Jack! du bist alt genug. Soviel Verantwortungslosigkeit ist nicht zu toppen! Dieses Mal wird mein Mann miteinbezogen. Ich übernehme die Verantwortung nicht mehr alleine!", schimpft sie mit uns.

Das wird ein Donnerwetter geben! Wochenlange Missstimmung im Hause! Da wird es dieses Mal keine Ausflüchte mehr geben. Alles wird auf den Tisch kommen. Scheiße!

Jack fährt sich mit der Hand durch seine Haare. Er ist ebenfalls hochgradig nervös. Er weiß noch nicht einmal ansatzweise, was auf ihn zukommt. „Sarah, dein Vater wird jeden Augenblick da sein. Nach dem Essen reden wir! Ich hoffe, dass Jack bis dahin noch Zeit hat. Du kannst mit uns essen!" Sie sieht ihn scharf an. Er nickt.

Wir sind bis zum Essen entlassen. In meinem Zimmer sitzen wir uns gegenüber. Funkstille. Jeder hängt seinen Gedanken nach. Ich stehe auf und gehe ungeduldig auf und ab. Er fängt mich ein und zieht mich auf seinen Oberschenkel. „Wie geht es deinem Rücken?" „Gut."

„Essen!", Sylvia streckt den Kopf herein. Ich atme tief ein und aus. Wir gehen hinaus. „Hallo Papa!", ich gebe ihm einen Kuss auf die Wange. „Hallo Schatz! Äh, hallo Jack! Freut mich, dich zu sehen!" Er steht auf und schüttelt ihm die Hand.

Papa sieht uns der Reihe nach an. Er spürt die Gereiztheit innerhalb der Familie. Noch ahnt er nicht, dass Gewitterwolken aufziehen werden! Ich wage es nicht von meinem Teller aufzusehen.

Es läutet ein Handy. Jack. „Entschuldigung, da muss ich ran." Mein Vater nickt. Jack steht auf und geht in mein Zimmer und macht die Türe zu. Es dauert nicht lange. Jack steht bedauernd da: „Es ist ein Notfall. Ich muss weg! Entschuldigen sie bitte vielmals Frau Shiva! ich rufe an, sobald es möglich ist!"

Das darf doch nicht wahr sein! Er lässt mich jetzt alleine?! Ich gucke ihm böse nach.

Jack

Timo erzählt mir, dass die Polizei im Club ist. Ich muss sofort hin. Ich muss ihnen beistehen. Es liegt in meiner Verantwortung, dass niemand zu Schaden kommt. Mein Gott, stehe uns bei!

Carlo! Der Verdacht setzt sich in meinem Kopf fest. Carlo wird keine Skrupel haben, uns anzuzeigen. Er ist an keinen Ehrenkodex gebunden.

Ich bin gelaufen. Außer Atem komme ich an. Der Club ist fast leer. Die Polizei ist schon weg. „Mann, was war los?" Timo und Charlie setzen sich zu mir. „Sie haben uns befragt, ob wir den Kerl auf dem Bild kennen. Es war eindeutig Carlo. Hier die Visitenkarte, falls dir dazu noch was einfallen sollte.", Timo reicht sie mir über den Tisch. „Was machen wir jetzt?", Charlie ist besorgt.

„Ich stelle mich. Vorher werde ich mit meinem Vater sprechen, wie ich das am besten machen soll. Ich werde euch so gut wie möglich raushalten!", versichere ich meinen Kumpels. Wir schlagen mit unseren Fäusten ein. Dann bin ich wieder weg.

Es ist schon dunkel. Mein Weg führt mich zu meinen Eltern. „Hallo Noah! So spät noch?", meine Mutter küsst mich. „Ja, es ist etwas passiert. Ich sitze in der Scheiße! Ist Papa da?"

„Hey Junge! Was ist los?", mein Vater hat mich gehört und steht von der Couch auf und umarmt mich. Wir haben ein sehr gutes Verhältnis. Ich erzähle meinen Eltern von Sarah, von Bobby und Carlo. Die Bestrafungen an Sarah lasse ich aus.

„Meine Güte! Da hast du ja allerhand wegen eines Mädchens auf dem Hals! Ist sie das wenigstens wert?" „Ja, ich liebe sie! Sie gehört mir!" „Okay! Ich habe einen Freund der Anwalt ist. Der wird dir helfen! Ich rufe ihn gleich an." Ich wusste, dass mein Vater mich nicht in Stich lässt.

Mein Vater tippt eine Nummer auf seinem Handy an. Nach zweimaligen Läuten hat er schon seine Verbindung: „Hallo Manuel! Mein Sohn hat ein Problem. Kannst du ihm helfen? Ja, sofort wenn es geht? Ja wir kommen!" „Noah, wir fahren gleich zu meinem Freund. Er hat jetzt Zeit! Lass dir von ihm helfen!"

Was bleibt mir anderes übrig…

Sarah

Wir sitzen noch immer beim Essen. Es ist besser, als alleine im Zimmer zu sitzen und Trübsal zu blasen. Mama hat noch nichts gesagt. Wahrscheinlich will sie auf Jack warten. Wir sollen beide das Fett abkriegen! Seufz...

Papas Handy klingelt. Er hebt ab: „Jackson! Hallo Kumpel! Schön dass ich von dir höre! Wie geht es dir? Wir müssen unbedingt auf alte Zeiten anstoßen!" Pause. Wir alle sind auf Papa konzentriert.

Er wird ernst. „Ja kommt her, ich höre mir das an. In einer Stunde? Okay, bis dann!" Wir warten ab, ob Papa noch etwas dazu sagt. „Jack kommt mit seinem Vater hierher. Es gibt ein Problem. Sarah, weißt du was hier vor sich geht?", er sieht mich forschend an.

Ich bin mir keiner Schuld bewusst, die einen Anwalt bedürfte. Darum geht es ja, oder? Ich schüttle den Kopf. „Hmpf!", Mama schaut mich strafend an.

Es läutet an der Tür. Ich lasse sie herein. Zum ersten Mal sehe ich Jacks Vater. Er ist die ältere Version von Jack! Wahnsinn. Er sieht gut aus! Ich kann den Blick nicht von ihm abwenden.

„Hallo Süße!", Jack küsst mich mitten auf den Mund. „Dad, das ist Sarah, mein Dad." „Hallo, Herr Jackson!" „Hallo Sarah! Nenn mich Jason!", er sieht mich intensiv prüfend an und schüttelt mir die Hand.

Mein Vater kommt aus der Küche: „Hallo Jackson, hallo Jack!", er grinst seinen alten Kumpel an und umarmt ihn. "Mensch wir haben uns aus den Augen verloren! Jack und Sarah! Ist das zu fassen? Unsere Kinder führen uns wieder zusammen! Ich wollte dich schon bald anrufen! Wir müssen das unbedingt begießen! Komm auf einen Cognac ins Wohnzimmer."

Jason erwidert die Herzlichkeit seines alten Freundes. Dennoch bremst er seinen Enthusiasmus ein: „Scheiße Manuel! Wir haben ein Problem! Ich brauche deine anwältliche Unterstützung für Noah!" Vater wird sofort ernst und bittet beide in sein Arbeitszimmer, das er sich zu Hause eingerichtet hat.

Jack sieht meinen Vater an. „Ich möchte Sarah dabeihaben!" Die älteren Männer ziehen die Augenbrauen synchron in die Höhe. Dann winkt Papa mich zu ihnen: „Bitte schließe die Tür hinter dir Sarah und setzt euch." Ich lasse mich zwischen die zwei Jacksons nieder. Jack umschlingt meine Hand. Er gibt mir Kraft. Ich warte ab.

„Also, wie kann ich euch helfen!" „Zuerst danke, dass du so schnell Zeit hast. Junge, erzähl deinem Anwalt, was du angestellt hast!" Ernst blickt er zu uns rüber. Was hat Jack angestellt, was ich nicht weiß und wieso braucht er einen Anwalt? Mir wird schlecht.

„Ich habe dieses Mal einen Mann niedergeschlagen, der nicht aus der Rockerszene ist. Er hat eine Anzeige bei der Polizei gemacht." Entsetzt schaue ich ihn an. „Wen hast du niedergeschlagen?!" „Den, mit dem du geknutscht hast!" Was!? Wieso!?

Dann erinnere ich mich. Das Gesetz der Rocker! Beide werden bestraft – das Mädchen und der Nebenbuhler! „Jack, wie konntest du!" Er sieht mich gelassen an. „Bobby hast du auch! Du kommst in Teufels Küche!" Papa räuspert sich. „Ich sehe, da ist ja mehr, als es den Anschein hat! Erzähl mal, Jack, von Anfang an."

Jack fängt seine Geschichte an. Zuerst zögerlich, dann sprudelt es aus ihm heraus: „Naja... ich habe noch nie etwas getan, was die Polizei interessiert hätte. Es hat erst angefangen als Sarah und Julie im Club aufgetaucht sind."

Jetzt bin ich auch noch schuld, oder was? Ich entziehe ihm meine Hand. „So war das nicht gemeint, Süße!" Er küsst mich schnell.

Mein Vater und Jason räuspern sich. „Junge das ist viel zu ernst, als das ihr da zu turteln anfängt!" Ich werde rot. Jack ergreift wieder meine Hand.

Ich versuche mich zu beruhigen und ergebe mich vorerst.

„Sarah und ich haben uns im ‚Together' kennen gelernt. Wir sind uns bald näher gekommen. Es ist anfangs gut gelaufen. Wir haben uns immer öfters im Club getroffen. Sonst war nichts, Herr Shiva", wirft er ein. „Manuel, bitte! Weiter!" Papa hat Jack soeben das Du angeboten.

„Äh…Ich habe dir erzählt, dass ich mich bei der Uni eingeschrieben habe?" Papa nickt. Er ist voller Konzentration. Er blickt fest in Jacks Augen. „Ich habe mich einige Tage nicht im Club anschauen lassen. Sarah hat in der Disco mit Bobby rumgemacht."

„Ich habe getanzt und nicht rumgemacht!", werfe ich beleidigt ein. Papa sieht mich streng an. Sofort halte ich den Mund.

Jack erzählt weiter: „Das ist das gleiche! Also Bobby und Sarah haben rumgemacht. Ich war nicht da. Timo und Charlie, meine engsten Kumpel, haben mir alles erzählt. Manuel, du kennst das Gesetz der Bestrafung?"

Wieso kennt mein Papa das Gesetz der Bestrafung? „Papa, wieso sollst du dich da auskennen?", verständnislos schaue ich ihn an. „Weil dein Papa und ich früher Mitglieder der Cobras waren, meine Liebe!", Jason schaut unbeirrbar seinen Freund an.

Papa seufzt auf: „Das erzähle ich dir später, Sarah! und jetzt bist du still, bis ich dich etwas frage! Jack mach weiter!"

Er überlegt: „Also, Bobby haben wir zusammen geschlagen und Sarah auf unserem Stützpunkt bestraft." „Wie?" „Papa! Das ist nicht wichtig!" Peinlicher geht's ja nicht mehr!

„Natürlich ist es wichtig! Glaubst du der Richter nimmt auf dein zartes Gemüt Rücksicht? Weiter! Wie wurde Sarah bestraft? Sieh mich als Anwalt, nicht als Vater!" Seine Miene ist hart. So kenne ich ihn gar nicht! Mir wird angst und bange.

Jack

Ich sehe vorsichtig zu Sarah. Ich muss abschätzen können, was sie jetzt aushält. Ich kann sie ja hinausschicken lassen, oder nicht? Was jetzt kommt wird ihr megapeinlich sein. Sie rutscht auf ihrem Sessel nervös hin und her. Ich halte sie noch fester.

Dann rede ich einfach weiter: „Ich habe ihr den Arsch mit zwanzig Handschlägen versohlt und habe sie mitzählen lassen. Die Band hat einen geschlossenen Kreis um uns gebildet."

Sarah ist rot. Sie muss da durch. „Das war's? Alles? Wenn ich dir helfen soll, muss ich alles wissen!", fordert Manuel. „Das… war nicht alles! Ich… äh… wir hatten Sex. Es war ihr erstes Mal."

ich schaue Sarah zärtlich an. Wir verlieren uns in den Blicken. Sarah ist so süß in ihrer Hilflosigkeit!

„Vor allen anderen?!", Manuel kann sich kaum beherrschen. Ich verstehe, dass er entgeistert ist. Ich kann es am Entsetzen in seinen Augen erkennen. Er hat sich weit vorgebeugt und seine Hände auf der Tischplatte aufgestützt, als müsste er sich am Tisch festhalten.

„Nein Manuel. Wir waren alleine im Haus.", beruhige ich ihn. Er entspannt sich ein bisschen und reibt sich über die Stirn und zwickt mit Zeigefinger und Daumen seine Nasenwurzel. Kurz schließt er seine Augen und nimmt einen tiefen Atemzug. Er seufzt tief auf.

„Weiter!"

„Es lief so gut mit uns beiden! Ich bin bei euch gewesen, weil Sarah Probleme mit ihrem Laptop hatte. Das weißt du ja. Dann ist ihr Geburtstag gewesen. Wir haben extra eine Disco für Sarah organisiert. Wir hatten viel Spaß. Dann haben meine Kumpels etwas mit mir zu besprechen gehabt und ich musste raus. Als ich zurückkam, ist Sarah auf Carlo geklebt. Daraufhin habe ich Carlo verprügelt. Meine Kumpels und ich sind mit Sarah zum Stützpunkt wegen der Bestrafung des Mädchens."

Es ist anstrengend alles zu erzählen. Am liebsten hätte ich alles hinter mir...

„Wie?"

Äh... ich bin nicht mehr bei der Sache. Sarah verkrampft ihre Finger in meine. „Wie hast du sie diesmal bestraft?", er vermutet zu Recht das Schlimmste. Sie ist seine Tochter! Ich traue mich nicht mehr weiter zu sprechen! Unsicher sehe ich ihn an. Wird er mich jetzt fallen lassen?

„Spuck's aus, Mann!" Manuel holt tief Luft und sieht mich scharf an. Er lässt nicht locker. Seine

Augen sind zu Schlitzen zusammengepresst. „Ich... ich habe sie… äh… mit zwanzig Hieben äh... ausgepeitscht!" Jetzt ist es heraus. Ich halte die Luft an. Ich sehe ihm direkt ins Gesicht….

„Was!" Mein Vater und Manuel springen gleichzeitig explosionsartig von ihren Sesseln. Jetzt bekomme ich es mit der Angst zu tun. Sarah sieht aus, als ob sie hinter mich springen möchte.

„Papa!", Sarah schreit.

Die zwei Männer beruhigen sich langsam und nehmen wieder Platz. Mein Papa schaut mich und Sarah argwöhnisch an. Manuel sieht Sarah fassungslos an.

„Erzähl weiter!", presst Manuel heraus.

Jetzt ist alles egal. Das Schwierigste ist geschafft. „Na ja, danach hatten wir wieder Sex im Haus." Sie lächelt und errötet. Sie ist so süß! Sie ist die Meine! Ich bin stolz auf sie!

„Ich hätte darauf wetten können!", brummt mein Vater sarkastisch. Ich schaue ihn schief grinsend an.

„Sarah ist nicht schreiend davongelaufen?", mein Vater sieht Sarah ausdruckslos an. „Nein. Sie konnte nicht." „Soll heißen?" „Sie ist kurz ohnmächtig gewesen." Ich schaue Manuel in die Augen und schnell wieder weg. Wie konnte ich es so weit treiben?! Im Nachhinein plagt mich mein schlechtes Gewissen! Ich hätte Sarah schwer verletzen können!

„Noch etwas?" Mein Anwalt ist offenbar erschöpft. Er sitzt zurückgelehnt in seinem Bürostuhl und hat die Augen geschlossen. „Nein. Die Polizei war heute im Club. Aber ich bin zu spät hingekommen und habe nicht mehr mit ihnen gesprochen. Dann bin ich nach Hause zu meinen Eltern und jetzt bin ich hier."

„Okay, ich muss das heute erst verarbeiten. Da ist viel passiert. Ich bin da emotional auch betroffen und brauche Zeit. Morgen kommst du zu mir und dann reden wir noch einmal darüber. Einwände?"

Sarah

Ich denke, dass wir alle emotional ausgelaugt sind. Aber ich bin froh, dass alles auf dem Tisch ist.

„Sarah!" Mein Vater holt mich wieder in sein Arbeitszimmer zurück. „Sarah, wie geht es dir? Du kannst es mir sagen, wenn es dir nicht gut geht." „Papa mir geht's gut. Ich liebe Jack. Er will mich auch. Sonst wäre er nicht hier gewesen, oder?"

Wir schauen uns lange in die Augen. Dann küsst er mich auf meinen Scheitel. Er sieht mir prüfend in die Augen. „Geh schlafen, es ist spät!" „Papa, hilfst du Jack?" Ich fühle mich, als wäre ich ganz klein. „Ich muss noch drüber schlafen! Es gibt noch so vieles zu besprechen! Morgen sehen wir weiter. Gute Nacht, mein Schatz!"

Ich gehe sofort in mein Zimmer und ins Bett. Ich bin müde und ausgelaugt. Meine Mutter und Sylvia sind mir nachgekommen. „Sarah, was ist da los? Hast du Probleme wegen Jack?", meine Mama sorgt sich um mich." „Nein, Mama! Jack hat Probleme wegen mir!"

Ich weine. Der ganze Ballast kommt jetzt hoch. Mein Körper fängt an unkontrolliert zu zittern.

Ich erfasse die ganze Tragweite noch nicht. Aber ich ahne es. Mama und Sylvia sitzen bei mir, bis ich vor Erschöpfung eingeschlafen bin.

Am nächsten Morgen wache ich mühsam auf. Ich habe mich in den Schlaf geweint und schlecht geschlafen. Ich versuche so gut wie möglich

meine Augenringe zu kaschieren. Ohne Frühstück
fahre ich zu meinen Vorlesungen.

Es war einmal...

Sarah

„Sarah, du siehst schrecklich aus! Ist es aus mit Jack?", Julie umarmt mich liebevoll. „Nein, es ist noch nicht aus. Aber Jack hat riesige Probleme wegen mir!" „Wieso?" „Er war mit seinem Papa bei uns und sie haben mit meinem Papa gesprochen!" Julie sieht mich verständnislos an. In dem Moment schnallt sie es.

„Dein Papa ist Anwalt! Braucht Jack einen Anwalt?" Ich nicke. Meine Tränen laufen ungehindert über meine Wangen. Ich sehe bestimmt scheußlich aus. Julie hält sich vor Schreck die Hand vor ihren Mund.

„Sarah, warst du nicht bei Dr. Grant? Was hat er gesagt?" „Er hat mich untersucht. Er kann nicht ausschließen, dass ich schwanger bin." „Warum nicht? Es ist schon länger aus, dass du mit Jack Sex gehabt hast? Oder nicht?"

Sie sieht mich an und errät es in diesem Moment. „Ja, aber bei der letzten Bestrafung hatten wir wieder ungeschützten Sex."

„Jack tut dir nicht gut, Sarah! Wann solltest du deine Tage haben?" Ich werde noch bleicher, als ich es schon bin. Jetzt, in dieser Woche! Oh nein! Julie erstarrt ebenso wie ich: „Sarah, sag mir nicht, dass du jetzt deine Regel bekommen hättest sollen!? Weißt du nicht, dass die fruchtbaren Tage vor den Regeltagen sind?!"

Ich weiß es. Oh Gott! Was mache ich jetzt? Meine Tränen rinnen schon wieder ungehindert meine Wangen hinunter. Julie übernimmt das Kommando. Sie nimmt meine Tasche und zieht mich nach draußen.

„Was machst du da? Wir haben doch noch Vorlesungen!" „So kannst du heute nicht weiter machen! Ich bring dich nach Hause." Die Straßenbahn hält soeben vor ihnen an und sie steigen ein.

Frau Shivas freier Tag wird durch die jungen Frauen unterbrochen. Mein verheultes Gesicht versetzt sie in Alarmbereitschaft. Fürsorglich zieht sie mich mit ihrem Arm um meine Schultern in die Wohnung. Julie verabschiedet sich wieder.

„Was ist los? Geht es dir nicht gut?" „Nein Mama. Aber da ist noch etwas!" Mama setzt sich zu mir auf die Couch, wo ich mich, mit einer Decke zugedeckt, hingelegt habe. „Ich glaube, ich bin schwanger!" Ihre Augen weiten sich fast unmerklich. Aber ich habe den leicht panischen Ausdruck bemerkt.

„Kind, ich habe es mir fast schon in der Praxis von Dr. Grant gedacht. Aber bist du dir jetzt sicher?" „Nein, aber ich sollte jetzt meine Tage schon haben!", bedrückt schließe ich die Augen.

Kleinlaut frage ich noch: „Was soll ich jetzt tun?"
Sie streichelt mir beruhigend über den Kopf.

Dann höre ich ihn. Jack. Er ist hier. Er kommt zu
mir herein. „Süße, bist du krank? Du siehst
schrecklich aus!" „Jack, ich bin so froh, dass du
da bist. Ich habe Angst!" „Süße, dein Vater hat
gesagt, dass er mir hilft. Ich war über eineinhalb
Stunden bei ihm im Büro!" Er hat mich
missverstanden.

Ich liege in seinen Armen. Erschöpft lege ich
meinen Kopf auf seine Brust. Sein Herzschlag
beruhigt mich. Er hält mich fest. Meine Tränen
versiegen. Ich bin einfach so eingeschlafen.

Müde erwache ich nach mehr als einer Stunde. Ich
bin alleine. Völlig apathisch liege ich da. Es ist
mir alles egal. Mein Leben ist verpfuscht. Alles
was ich anpacke, ist falsch.

Ich habe Jack die Polizei aufgehetzt. Ich bin
schwanger und werde meinen Eltern mit dem

Baby zur Last fallen. Schrecklich! Ich weine schon wieder. Ich schluchze leise vor mich hin.

Meine Mutter muss mich gehört haben. Sie ist sofort an meiner Seite. „Wo ist Jack?", schluchze ich. „Er kommt wieder! Er hat noch etwas zu tun.", beruhigt mich meine Mutter.

Mein Vater kommt herein. „Sarah, ich weiß, dass es dir gar nicht gut geht, aber wir müssen reden." Meine Mutter will schon hinausgehen. Aber er hält sie zurück: „Was ich zu sagen habe, geht uns alle an. Bleib bitte da. Sarah braucht dich."

Also bleibe ich in ihren Armen liegen. Ich schniefe und schnäuze mich kräftig in ein Taschentuch. Dann schaue ich meinen Vater an. Sein Blick ist undurchdringlich.

„Du hast gestern gehört, dass ich früher auch Rocker und zu der Bande von Jack gehört habe. Nicht nur das. Wir waren damals die Gründer der Gang, die bis heute noch existiert. Jackson und ich waren beste Kumpels. Deine Mutter und ich haben uns in dieser Zeit kennen gelernt."

Jetzt werde ich hellhörig. Das ist ja spannend. Meine Eltern – Rocker!? Meine Lebensgeister kommen langsam zurück. Ich schaue meine Mutter mit großen Augen an. Sie nickt und lächelt meinen Vater an. Sie lieben sich, das sieht man. Herrgott ist das schön!

„Ich habe für die Situation von Jack vollstes Verständnis. Du bist etwas flatterhaft, würde ich sagen. Du brauchst eine feste Hand. Jack würde gut daran tun, wenn er dich an die Kandare nimmt!"

Ich werde rot. Mama sieht ihn fragend an. Mama weiß von der Peitsche nichts! „Was soll das heißen, meine Tochter ist flatterhaft?", mit entrüsteter Miene schaut sie Papa vorwurfsvoll an.

Mein Vater schaut ihr in die Augen: „Ich weiß nicht, wie weit du Bescheid weißt, aber Sarah wurde bereits zweimal von Jack bestraft." Meine Mutter sieht mich entgeistert an. „Was hat er dir noch angetan?!" Mein Vater bringt es jetzt auf den Tisch: „Sie wurde ausgepeitscht!" Ich traue mich nicht mehr, den Blick zu heben.

Ich schäme mich. Mama greift sich auf die Stirn und schließt die Augen: „Mein Gott! Wann?" „An meinem Geburtstag!" „Jetzt wird mir alles klar! Deshalb sollten wir alleine zum Wellness!", der Aha! - Effekt trifft sie beide. „Sylvia hat mir einen Ausweg gegeben, damit ich nicht mitfahren muss!" „Sylvia hat Bescheid gewusst?" „Ja."

„Was habe ich gewusst?", Sylvia kommt herein. Papa ist überrascht: „Ich habe dich gar nicht hereinkommen hören." Er küsst auch sie auf dem Scheitel. „Komm setz dich zu uns. ich erzähl dir das Wichtigste."

Ich beobachte sie. Sie ist nicht so überrascht.

Die Dinge über mich, weiß sie im Wesentlichen. „Hast du das über unsere Eltern gewusst?", frage ich sie. „Ich konnte einmal nicht schlafen und bin aufs Klo und da habe ich gehört, wie sie über alte Zeiten gesprochen haben. Ich war etwas geschockt. Aber nachdem du mit Jack beisammen bist und ich auch Jemanden aus der Szene kennengelernt habe, ist es nicht mehr so erschreckend!", grinst sie.

Unsere Eltern schauen sich an und seufzen. Ich kann sie schon hören, was sie sich denken. Ich bin neugierig: „Warum bist du aus der Szene raus, Papa?" „Es gibt viele Gründe, warum man aussteigt. Schwangerschaft der Freundin, Beruf, Ausbildung waren meine Motive."

„Weil Mama schwanger wurde?" „Nein, weil deine Mama eine Tochter erwartete! Ich wollte meine Tochter keinem Rockerleben aussetzen!

Außerdem habe ich studiert. Es hat zu viel Zeit in Anspruch genommen. Ich hatte keine Zeit mehr für meine Rockerkumpel!"

„Bereust du es nicht?" „Nein, es war schon genug. Als Rock-Opa hatte ich keine Lust mehr! Eure Mutter brauchte mich mehr, als meine Kumpels!" Er küsst sie liebevoll auf die Lippen. Sie erwidert ihn und es hört gar nicht mehr auf! Süß!

Ich sehe es Sylvia an, dass sie das Gleiche denkt. Sie seufzt. Ihr steht der Mund offen. ich greife nach ihrer Hand und wir lächeln uns an. Endlich lösen sich unsere Eltern aus ihrem innigen Kuss.

„Mama, Papa wie geht es euch damit, dass wir auch in der Szene sind?", frage ich vorsichtig. Mama und Papa lächeln sich noch immer an, dann wendet sich Papa uns zu: „Wir sind überrascht. Eine Wiederholung in einem solchen Ausmaß ist natürlich nicht wünschenswert. Aber was soll man machen? Wir müssen das Beste daraus beziehen. Ich werde Jack helfen.", er sieht mich an.

Mir geht es schon viel besser.

Entscheidungen

Jack

Ich muss mich noch um ein Problem kümmern. Black Angels. Ich habe mich mit Manuel darüber besprochen. Ich soll mich mit ihnen treffen, aber mich auf nichts Illegales einlassen. Okay. Soweit so gut.

„Hi Charlie, hi Timo!" Wir stoßen mit unseren Fäusten zusammen und umarmen uns kurz. „Auf geht's!" Meine Gang ist hinter mir. Wir schwingen uns auf unsere heißen Eisen. Die Motoren röhren auf. Es ist toll, in der Gruppe zu fahren. Ich bin an der Spitze. Charlie und Timo sind gleich hinter mir.

Wir sind pünktlich am Treffpunkt. Die Black Angels treffen ebenso ein. Die ganze Bande. Wir haben eigentlich kein Problem miteinander. Aber

Bobby muss gesühnt werden. Hoffentlich wird es nicht blutig. Warten wir es ab…

Wir steigen gleichzeitig von den Motorrädern. Wir sind auf der Hut. Die Positionen meiner Männer sind klar. Ich gehe mit meinen Stellvertretern Charlie und Timo den drei Anführern von den Black Angels entgegen und treffe uns in der Mitte des Platzes. „Ihr wisst warum wir hier sind?" Der Anführer der Black Angels verliert keine Zeit. „Ja! Bobby wurde von uns niedergeschlagen! Wie sind eure Forderungen!"

Der Anführer grinst. Was kommt jetzt? Das ist nicht gut. Irgendetwas, mit dem wir uns schon länger herumschlagen?

Der Anführer erhebt das Wort: „Ich komme gleich zur Sache! Bobby ist mit meiner Entscheidung voll einverstanden. Bobby tritt vor!" Aha, Bobby ist wieder da. Ich nicke Bobby zu. Etwas angeschlagen steht er vor uns.

„Bobby, wenn ich jetzt meine Forderungen vortrage, kannst du Einspruch erheben, wenn du nicht einverstanden bist! Hast du verstanden?" Bobby nickt. „Ich fange an. Ich erhebe Anspruch auf die Schwester von Charlie! Damit ist die Sache mit Bobby vergessen!" Oh Gott! Das geht nicht gut...

Ich sehe Charlie entgeistert an. Charlie ist stocksteif. Mehr ist ihm nicht anzumerken. Aber ich kenne ihn. Es brodelt in ihm. Ich erhebe mein Wort. „Das kann ich nicht alleine entscheiden! Dazu muss ich Charlie und seine Schwester befragen!" „Das dürfte kein Problem darstellen! Cindy, komm her!"

Charlie tickt aus. Cindy ist seine Schwester. Ich und Timo halten Charlie an den Oberarmen zurück. Er knurrt, bereit zum Absprung. Rasend am ganzen Körper hängt er in unserer stahlharten Umklammerung fest. Er wehrt sich mit einer Heftigkeit, die es uns schwer macht, ihn zurück zu halten. Wir warten ab. Er wird ruhiger, als er merkt, dass er keine Chance zu irgendwelchen Aktionen hat und dass Cindy freiwillig dort steht.

Sie kommt langsam auf uns zu. „Charlie, ich kann nichts dafür! Ich habe mich in Joseph verliebt und er liebt mich! Er ist meine Leidenschaft! Ich habe mich im Austausch für Bobbys Sache angeboten." Mit Tränen in den Augen sieht sie Charlie an. Vorsichtig und liebevoll greift sie an seine Wange.

Er wehrt sich nicht mehr mit der gleichen Vehemenz, wie zuvor. Vorsichtig lockern wir unseren festen Griff. Er reißt sich los und krallt sich in die Oberarme seiner Schwester: „Wie lange geht das schon so?", misstrauisch sieht er sie an. „Schon länger als ein Jahr! Bitte verzeih mir, dass ich nichts zu dir gesagt habe!" Sie dreht sich um und lächelt ihren Rocker an.

Ein fast unmerklich, zärtliches Lächeln huscht über das Gesicht des Anführers der Black Angels.

„Kleines, bist du dir sicher? Du weißt, dass du mich anrufen musst, sollte er dir wehtun!" Sie sehen sich ernst an, dann blickt er zu der Liebe seiner Schwester. „Nun geh schon, bevor ich es mir anders überlege!", brummt Charlie. Sie dreht sich um und geht zu Joseph zurück und kuschelt sich an seine Seite. Ein muskulöser Arm legt sich beschützend um ihren zarten Körper.

Ich spreche es laut aus, damit es offiziell geregelt ist: „Wie es aussieht, steht dem Ansuchen der Black Angels nichts im Wege. Aber lasst euch gesagt sein, sollte Cindy ein Leid geschehen, steht die gesamte Mannschaft der Cobras hinter ihr!"

Cindy ist begeistert. Lachend läuft sie auf Charlie zu und springt stürmisch an ihm hoch. Charlie hält sie kurz in einer brüderlichen Umarmung fest.

Langsam, aber sicher trennt sie sich von ihrem Bruder und steht endgültig an der Seite der Black Angels. Der Anführer der Black Angels hat das Wort: „Ich werde Cindy zu meiner Old Lady machen! Sie wird in Ehren bei den Black Angels gehalten. Die Schuld an Bobby ist beglichen! Bobby?" Er nickt. Wir, die Anführer der Black Angels und Cobras reichen uns die Hände zur Einigung.

Puh! Das war ja leichter als gedacht. Mir tut Charlie leid. Er muss sich damit auseinandersetzen. Es ist nicht leicht, seine kleine Schwester an die Gegner zu verlieren. Ich habe so etwas noch nie erlebt, seit ich denken kann.

Ich kann es nicht erwarten wieder zu Sarah zu fahren. Der Fall Bobby ist erledigt. Ungeduldig warte ich, bis sich die Cobras beruhigt haben und ich abhauen kann. „Charlie, ich muss jetzt zu meinem Anwalt. Wir reden noch darüber."

Bald stehe ich vor der Tür der Shivas und läute. Sylvia öffnet und lässt mich rein. Sie ist mir gegenüber schon viel entspannter als am Anfang.

„Hi Sylvia! Ist Manuel da?" „Ja, er ist in der Küche!" Sie begleitet mich dorthin. Die Familie ist beim Essen. „Hallo Jack, bitte setze dich und iss mit uns!" „Hallo! Danke Frau Shiva!" Ich rutsche zu Sarah rüber und küsse sie zärtlich auf die Lippen. Sie sieht schon viel besser aus, als am Vormittag! „Hi Süße!", flüstere ich in ihren Mund hinein. Sie lächelt mich an. Wir werden beobachtet.

Frau Shiva stellt einen Teller Spaghetti vor mich hin. Mit Heißhunger verschlinge ich diese. Ich bin vor allen anderen fertig. Frau Shiva gibt mir Nachschlag. „Alles erledigt?", Manuel sieht mich fragend an. Ich nicke. „Nachher in meinem Büro!"

„Schließe die Tür hinter dir und nimm Platz, Jack! Wir haben viel zu tun." Manuel setzt sich hinter seinen Schreibtisch und blickt mich ungeduldig an. Ich weiß, dass er wissen will, was heute los war. Ich erzähle es ihm. „Okay, es ist notiert. Aber es dürfte keinen Einfluss auf deinen Fall haben."

Er trichtert mir ein, alles, wirklich alles, jede Kleinigkeit, ihm zu erzählen, sollte mir noch etwas einfallen. Ich nicke.

„Manuel, wie stehen meine Chancen?" „Das kann ich dir noch nicht sagen. Ich hoffe für dich, dass es nicht allzu schlimm wird. Du bist ein Wiederholungstäter, wenn man Bobby mitzählt. Ich muss die Umstände noch prüfen. Ich muss mit den Opfern sprechen. Jede Kleinigkeit gehört durchleuchtet. In einer Woche dürfte ich soweit durch sein. Dann sehen wir weiter!"

Ich knirsche mit den Zähnen. Ich vertraue darauf, dass er gut ist. Aber die Ungewissheit ist mehr als bedrückend.

„Jack, nachdem ich alles weiß, ist es wichtig, dass du dich stellst! Du musst zur Polizei gehen und gestehen! Dieses Vorgehen kann unter Umständen ein milderndes Urteil für dich bedeuten. Bist du bereit?"

Ich habe damit gerechnet…

Aber ich habe das erste Mal richtige Angst. „Muss ich ins Gefängnis?" „Das kann ich noch nicht sagen! Wir müssen abwarten. Aber ich hoffe, dass ich das umgehen kann! Los, wir bringen das sofort hinter uns!" „Ich möchte noch meinem Papa Bescheid geben." „Er weiß schon Bescheid. Ich habe vorhin noch mit ihm telefoniert."

Ich mache mir gleich in die Hose! Ich habe eine Scheißangst. Ich laufe noch zu Sarah und küsse sie verzweifelt auf den süßen Mund und reiße mich auch sofort wieder los. Sie muss mir einfach Glück bringen! Manuel lässt mich noch duschen. Ich muss meine Rockerkluft ablegen. Die Jeans und ein sauberes, weißes T-Shirt und eine Jacke von Manuel wirken nicht so provozierend, meint er.

Schlussendlich parken wir in kurzer Entfernung zum Polizeipräsidium. Mir schlottern die Knie. Manuel greift mir auf den Oberarm, um mich zu beruhigen? Scheiße!

Kurz darauf stehen wir schon im Gebäude an einem Schalter. Manuel spricht mit dem Beamten. Wir warten. Dann werden wir in ein anderes Zimmer gebeten. Auf dem Weg dorthin eskortiert uns ein Polizist.

Uns werden Stühle angeboten. Getränke haben wir abgelehnt. Wir warten. Endlich geht die Tür auf und ein Polizist kommt herein. Er schüttelt zuerst Manuel, dann mir die Hand.

„Herr Shiva, was kann ich für sie tun?" Manuel schildert unser Begehren und der Beamte setzt sich zu seiner vollen Größe auf. Er sieht mich prüfend an. Dann fängt er an, ein Protokoll anzufertigen. Er verlangt meinen Namen und persönliche Daten und schreibt mein Geständnis auf. Ich lese es durch und muss es abschließend noch unterschreiben.

Manuel verhandelt mit dem Beamten, damit ich nicht hierbleiben muss. Dann telefoniert er.

Ich höre nicht mehr zu. Mir schwindelt es schon. Es ist nicht mehr auszuhalten. Ich nehme meinen Zeigefinger und Mittelfinger und kneife mir die Nasenwurzel, um meinen beginnenden Kopfschmerz einzudämmen. Ich mache gleichzeitig die Augen zu und senke den Kopf. Hoffentlich komme ich da wieder raus.

Als ich aufsehe, sind die Blicke auf mich gerichtet. Ich weiß nicht, ob irgendwer mit mir gesprochen hat. „Herr Jackson! Kann ich Ihnen ein Glas Wasser anbieten?" Ich schüttle den Kopf. Ich will nur raus hier! „Herr Jackson! Ihr Anwalt hat ein Gesuch für die Freilassung Ihrer Person bis zur Verhandlung beantragt. Haben Sie verstanden, was ich gesagt habe?" Ich sehe Manuel fragend an.

Der Beamte spricht weiter in dem strengen Ton. „Herr Shiva verpflichtet sich, dass Sie bei ihm wohnen werden, bis das Gericht anders entscheidet. Sollten Sie in dieser Zeit rückfällig werden, ist es notwendig, Sie sofort zu inhaftieren!" Ich sehe Manuel wieder an. Das habe ich nicht ganz verstanden. Ich soll bei Manuel wohnen? Äh!? Ist das ein Witz? Mein Hirn spielt nicht mehr mit.

„Was bedeutet das?", ich muss nachfragen. Manuel erklärt es mir: „Das bedeutet, dass du bei uns wohnst. Du darfst die Wohnung nur in Begleitung mit mir verlassen. Solltest du widerrechtlich alleine raus, bist du unweigerlich in U-Haft." „Was ist mit meiner Arbeit, der Uni?", frage ich. „Da finden wir eine Lösung.", ist Manuel zuversichtlich.

Sarah

Ich habe Angst, Jack nicht mehr zu sehen! Er ist mit Papa dabei, bei der Polizei ein Geständnis zu machen. Sylvia ist bei mir und hält mich im Arm.

„Ich habe Angst. Was ist, wenn ich schwanger bin und mein Baby seinen Vater im Gefängnis besuchen muss? So etwas halte ich nicht aus!" „Ach Sarah, jetzt mal den Teufel nicht an die Wand! Es ist noch nichts entschieden!"

Ich horche auf. Die Wohnungstür öffnet sich. Ich springe auf und renne hinaus. Papa und Jack! Ich springe Jack an. Er schlingt die Arme um mich und hält mich fest. Ich bedecke sein Gesicht mit vielen kleinen Küssen. „Ich bin so froh, dass du da bist! Ich…" Er lässt es sich gefallen. Aber seine Miene ist undurchdringlich und starr. Misstrauisch sehe ich ihn an. „Was ist los? Sag es mir!"

Papa schiebt ihn weiter herein, sodass er die Tür zu machen kann. „Hol Jennifer, Sylvia und kommt in mein Büro. Wir müssen uns besprechen!"

Bald sitzen wir um den Schreibtisch. Mangels Sitzgelegenheiten, sitze ich auf Jacks Oberschenkel. Ich will ihn gar nicht mehr loslassen! Ich kuschle mich an seine Brust und lasse mich von seinen starken Armen festhalten.

„Jack hat heute ein Geständnis abgelegt. Es wurde ein Protokoll geschrieben. Jack muss bis zur Gerichtsverhandlung bei uns wohnen. Vorausgesetzt er macht keinen Schritt ohne mich vor die Tür, bleibt er bis auf weiteres frei. Sonst wird er umgehend inhaftiert. Stille...

Unsere Augen werden immer größer, je mehr wir begreifen, was das heißen soll. Es kann Monate bis zu Verhandlung dauern!

Papa richtet das Wort an Mama: „Jennifer, ich hoffe, es wird dich nicht so sehr belasten? Wenn es vorbei ist, werden nur wir zwei Urlaub machen!" Mama steht auf und setzt sich ungeniert auf den Schoß ihres Ehemannes. „Manuel, es ist nicht so schlimm, denke ich. Ich gehe arbeiten. Ich bin nicht immer zu Hause. Jack muss auch arbeiten und ist beschäftigt. Aber es müssen Regeln aufgestellt werden.", dabei sieht sie Jack streng an.

„Frau Shiva, ich bin Ihnen unendlich dankbar für die Gastfreundschaft! Ich werde Sie nicht enttäuschen. Sagen Sie mir, wenn ich Ihnen hier helfen kann, ich tue es!" Sie lächelt. „ Sag Jenny zu mir! Du bist jetzt einer von uns!" Meine Mama ist eine herzensgute Frau.

Was soll ich dazu sagen? Jack ist näher bei mir! Ich sehe ihn jeden Tag und muss ihm nicht mehr in den Club nachrennen. Ich weiß nicht, ob das gut ist oder nicht. Ich sehe zu Sylvia. „Sylvia, kann ich dich kurz alleine sprechen?"

Wir gehen in ihr Zimmer und verschließen die Tür. „Was ist?" „Sylvia, ich weiß, dass du immer Abstand von Jack genommen hast. Warum auch immer. Aber sag mir bitte, ob du ein Problem damit hast, dass er jetzt bei uns einzieht?"

Sie sieht mich an. Ich kann an ihrer Miene nichts ablesen. „Äh..ja... Ich denke, wir können nichts mehr daran ändern. Aber ich habe Angst, dass du dann keine Zeit mehr für mich hast!" „Oh Sylvia! Wir werden öfter miteinander etwas unternehmen! Jack darf ja nicht raus und da könnten wir regelmäßig einen Mädels Tag, beziehungsweise Mädels Abend machen." „Ja das wäre super! Vielleicht darf ich Timo einmal einladen, wenn schon Jack da ist?"

Aha, daher weht der Wind! Sie will auch einen Freund bei der Hand haben! Ich lache und wir umarmen uns. Wir gehen wieder ins Büro. Fragende Blicke begleiten uns. „Es ist alles OK!", sagt Sylvia.

Manuel spricht weiter: „Dann kommen wir zu den Regeln. Jack bekommt den kleineren Teil des Wohnzimmers. Wir müssen da eine Mauer hochziehen. Jackson wird uns helfen, das Zimmer zu richten. Jack darf keine unangemeldeten Besuche empfangen. Schon gar nicht, wenn die Mädels alleine zu Hause sind. Zu den Mädels gehört auch Jennifer. Wenn du in die Firma musst, sagst du mir das einen Tag vorher, damit ich mir dafür Zeit nehmen kann, dich zu begleiten. Wegen der Vorlesungen müssen wir uns erkundigen, wie viele Vorlesungen notwendig sind, damit du dein

Studium fortsetzen kannst. Vielleicht erreiche ich eine Sonderlösung und du bekommst eine Security als Begleitung. Du hilfst Jennifer, sooft du Zeit hast. Ich möchte sie nicht überbelasten. Sie hat einen Beruf und den Haushalt. Ah ja…äh... du und Sarah.", er sieht Jack und mich an…

Ich kuschle schon wieder an meinen Liebsten. Bei dem strengen Blick meines Vaters setze ich mich jedoch auf. „Ich will nicht, dass ihr das Zusammenleben als Freifahrschein seht. Ich kann euch nicht hindern, wenn die Triebe überhand nehmen. Ich verstehe das. Aber haltet euch zurück, so gut es geht. Die Wohnung ist voll mit Menschen, die das Gestöhne nicht hören wollen! Alles klar?"

Krebsrot verstecke ich mein Gesicht an der Brust von Jack. "Papa!" „Natürlich, Manuel. Ich weiß, dass diese Situation eine Belastung für euch alle ist. Aber ich bin unendlich dankbar für die Chance, mein Leben in den Griff zu bekommen!"

Er streckt meinem Vater die Hand hin und dann auch meiner Mutter. Sie aber steht auf und umarmt Jack und gibt ihm einen Kuss auf die Wange. „Willkommen bei uns zu Hause!" Jack schluckt. Meine Mama ist die Liebevollste, die es gibt!

„Dann gehen wir an die Arbeit!", Mama übernimmt das Kommando. „Sarah und Sylvia ihr holt Bettzeug, eine Decke und einen Polster. Jack schläft heute im Wohnzimmer auf der Couch. Morgen ist sein Zimmer fertig?", sie dreht sich zu Papa um. Er nickt. Er hat inzwischen Jason angerufen, der auch gleich da sein wird.

Es läutet. Jason. Er stürmt herein. „Was ist los, Junge! Ist was passiert?" „Beruhige dich Jackson! Jack hat heute ein Geständnis abgelegt, mit der Auflage, wenn er unter meiner Aufsicht steht, kann er bis zur Verhandlung draußen bleiben." „Heißt?" Wir alle gehen ins Wohnzimmer. „Er muss bei uns wohnen. Sonst muss er in U-Haft gehen!"

Jason schaut grimmig drein. Er hat noch nicht ganz begriffen, was hier abläuft. „Papa, ich glaube es ist eine gute Lösung. Ich kann meiner Arbeit nachgehen und die Uni weiter besuchen! Im Knast wäre so etwas nicht möglich! Ich bin Manuel und Jennifer unendlich dankbar!"

„Du und Carla könnt jederzeit euren Sohn besuchen kommen. Das ist kein Problem!", Mama ist wieder die Herzensgute!

„Was wir jetzt brauchen, ist ein Zimmer für Jack! Die einzige Möglichkeit sehe ich, wenn wir unser Wohnzimmer trennen. Es ist groß genug! Wir brauchen eine Mauer. Dann müssen wir es mit dem Notwendigsten ausstatten! Jackson du musst uns helfen!", Papa sieht ihn abwartend an.

Jason brummt. Er kann ja nichts mehr ändern. Plötzlich umarmt er seinen ehemaligen Kumpel.

Tränen stehen ihm in den Augen: „Danke, dass du das für uns machst!" Dann dreht er sich zu Mama um und schnappt sie sich und küsst sie mitten auf den Mund. „Hey, hey! Das ist die Meine!" Papa legt den Arm auf Jason.

Wir lachen befreit auf. Die Spannung lässt etwas nach. Sylvia und ich verabschieden uns und gehen in unsere Zimmer.

Ich will meine Ruhe und nachdenken.

Es geht weiter…

Freut euch über den zweiten Teil:

Ein Urteil für den Rocker

Die Autorin

Die österreichische Autorin, Ingrid Seemann ist glücklich verheiratet und Mutter von zwei erwachsenen Kindern. Ihre Leidenschaften sind das Schreiben, das Lesen von Romanen mit Happy End und Sport als Ausgleich. Wenn sie nicht gerade vor ihrem Laptop sitzt, oder ein Buch liest, ist sie mit ihren Nordic Walking Stöcken unterwegs.

Nachdem die Trilogie Tanz für mich! ein sehr guter Erfolg war und noch immer beliebt ist, hat sie sich dazu entschlossen, diesen Roman auch als Buch für ihre Fans auszugeben, um auch E-Book Verweigerer mit ihrer Geschichte zu begeistern.

Wenn euch Noah und Sarah gefallen haben, kann ich euch die folgenden Buchvorschläge nur empfehlen. Es ist die nächste Generation. Florian, Sebastian und Michael kommen in ein Internat.

Was sie dort alles erleben dürft ihr euch nicht entgehen lassen.

Vorerst sind diese Geschichten nur als E-Books erhältlich. Aber ich verspreche euch, dass sie nächstes Jahr 2021 auch als Buch in den Handel kommen.

Es geht weiter mit spannenden
Geschichten der Söhne von Noah,
alias Jack und Sarah!

Die dritte Generation

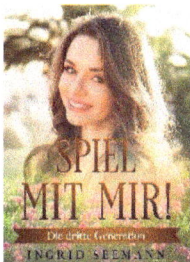

Florian der Mädchenschwarm ist heillos überfordert, als er auf das hyperaktive russische Mädchen aufpassen soll. Dann entpuppt er sich wieder als wahrer Held und rettet eine jüngere Schülerin aus gefährlichen Situationen. Florian lässt sich auf eine Liaison mit einem älteren Mitschüler ein - sehr zum Missfallen seines Dads Noah Jackson. Sein Sohn ist nicht schwul! Basta! Die Familie Jackson liefert ein lautstarkes Drama vor der Schule. Die Zwillingsbrüder von Florian, Michael und Sebastian mischen auf. Sie lieben es,

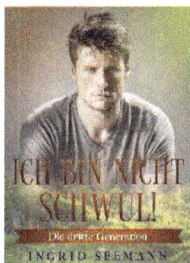

Florian zur Weißglut zu treiben. Die tragische Geschichte vom lebenslustigen Michael, der sich auf den ersten Blick in die schüchterne Emilie verliebt. Sie lehnt ihn vorerst ab. Er ist zu besitzergreifend. Sie begegnen sich zufällig beim Joggen und laufen gemeinsam weiter. Sie stürzen in einen Abgrund und verletzen sich schwer. Sie wachen nach Tagen im Krankenhaus aus dem Koma auf. Sebastian bricht zusammen. Während Florian von dem älteren charismatischen Franzosen Olivier umworben wird, muss sich Sebastian mit gefährlichen und hochgiftigen Tieren der Wildnis herumschlagen.

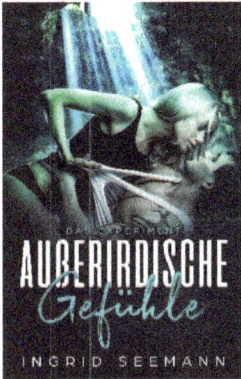

Erotischer

Roman

Gleich am nächsten Tag, nach dem Büro, ist Michael schon zu Hause. Ich erinnere ihn an sein Versprechen. Mit Murren zieht er seinen Sportanzug an und schnappt sich seine Nordic-Walking-Stöcke. Michael ist meine Route nicht vertraut und sie gefällt ihm deshalb auch nicht. Aber ich überzeuge ihn.

„Also auf zu den Außerirdischen!", scherzt er. Unterwegs erzählen wir uns wieder unsere Tageserlebnisse. Zuerst versucht mich Michael anzutreiben. Anfangs war nicht viel zu spüren. Aber jetzt ziehen und stechen die quälenden Schmerzen vom Magen bis zur Leiste hinunter. Zeit für den Container. „Geht's dir nicht gut? Hast du Schmerzen?", besorgt schaut mich mein Mann von der Seite an. Ich sage gar nichts mehr. Ich wimmere leise in mich hinein. Es ist nicht mehr auszuhalten. Noch eine halbe Stunde zum Container. Ich schleppe meine Füße immer weiter. Immer wieder versucht Michael mich zum Anhalten zu bringen, aber ich will nicht: „Wenn ich jetzt stehen bleibe, kann ich nicht mehr weiter! Du wirst sehen, nach dem Container geht es wieder." „Ich glaube ich muss eher die Rettung anrufen, so wie du aussiehst! Kurz vorm Umkippen!", er greift schon nach seinem Handy. „Nicht, wir sind schon da!" Ich lege meine Hand auf sein Handy, um ihn aufzuhalten.

Endlich! Gott sei Dank! Der Container taucht vor uns auf. Michael schaut skeptisch hinauf: "Was ist da jetzt Besonderes? Ich sehe nichts

Außergewöhnliches! Das ist ein stinknormaler, rostiger Container!" „Wir müssen da rauf. Komm schon!", ich klettere mit seiner Hilfe hinauf und schaue ihn herausfordernd an. Endlich, nach einigem Zögern und Murren bequemt er sich auch hinauf. Drinnen wird weiter genörgelt. Ich zeige ihm die staubigen Seile und Jutesäcke. Ich bin gespannt, ob er sich jetzt mit mir hinlegt. Es ist schmutzig und staubig. Er ist genauso pingelig wie ich. „Wir legen uns hier hin und entspannen uns!", kraftlos schmeiße ich mich auf eine Seite des Lagers. Natürlich beklagt sich, dass es ekelig sei. Wer weiß, welches Ungeziefer hier herumkriecht! Letztendlich legt er sich doch zu mir.

„Was tun wir jetzt?", will er wissen. „Entspann dich und wart es ab! Denk an etwas Schönes! Was war gestern bei uns los? Na was! Und jetzt halt den Mund und mach die Augen zu!" Michael gibt sich noch etwas mürrisch, aber nach einiger Zeit hält auch er die Klappe. So richtig entspannen kann ich mich auch nicht. Hoffentlich passiert auch heute etwas. Sonst kann ich mir nachher etwas anhören.

Währenddessen ich so dahin grüble, merke ich schon die Veränderung. Ich weiß nicht, was bei Michael los ist. Aber ich spüre, dass er zappelig wird. Immer wieder stößt sein Arm oder sein Bein an meines, als würde er träumen. Dann werden wir beide spürbar ruhiger. Ein kokonähnlicher Schirm breitet sich über uns aus. Die Schatten schwirren um uns herum. Ich spüre sie. Auch ahne ich nur die Kommunikation, oder Telepathie, die um uns fließt. Diesmal möchte ich die Schatten zählen. Ich bin mir nicht sicher, aber es könnten vier sein. Ich kann mich sehr schwer konzentrieren. Sie hantieren an Michael herum. Sowas habe ich bei mir nie gesehen oder gespürt. Bilde ich mir das ein? Ich weiß es nicht. Meine Gedanken sind sehr träge. Dann plötzlich flammt das grelle Licht auf und der kaum auszuhaltende schrille Schrei brandet über uns hinweg. Dann, als würde der Vorhang fallen – alles weg.

Ich schaue zu Michael. Seine Augen sind schon offen, aber er liegt noch still da und starrt die Decke des Containers an. Ich schubse ihn sachte an. Er sieht zu mir rüber; „Wow, was war das denn?" Eine ganze Weile bleiben wir so liegen. Dann springe ich auf und ziehe meinen Mann mit. Zuerst küsse ich ihn und will mich zum Abstieg bereit machen. Aber er hält mich fest und greift an meinen Busen und fängt an, ihn zu kneten. Was ist jetzt los? Dann kommt die Erinnerung, dass ich aus unerklärlichen Gründen nach dem Marsch auch immer sexuell erregt bin. Offensichtlich ergeht es nicht nur mir so. Natürlich heiße ich ihn willkommen! Meine Nippel, zwischen seine Finger gezwickt und gerieben, sind schon hart.

Es lässt mich natürlich nicht kalt! Ich stöhne auf und greife an seinen steifen Schwanz und ziehe seine Jogginghose runter. Seine Erektion springt mich an. Michael ist voll drauf. Er drückt mich runter zu seinem Schwanz und ich lecke über seine Eichel. Erste Lusttropfen befeuchten seine Spalte und sofort kose ich über die ganze prachtvolle Länge. Wirklich lecker!!! Sein Kopf ist zurückgeworfen. Seine Hände legen sich auf meinen Hinterkopf und lassen mich nicht mehr los. Er fickt mich immer schneller in den Mund, indem er mit seinem Becken hochschnellt, immer wieder. Ich halte still. Meine Muschi ist schon ganz feucht für ihn! Ich kralle mich an seinen Arschbacken fest und ziehe ihn noch näher zu mir. Kurz vor dem Abspritzen zieht er ihn heraus und schubst mich rücklings auf die Lagerstätte. Er zieht meine Sporthose mit meinem Slip herunter und fährt mit seinem Krieger mit einem Stoß in meine mehr als bereite Muschi hinein. Das Tempo, mit dem er mich jetzt penetriert, ist schnell und hart.

Hat er doch ständig während des Marsches gejammert, dass ihm die Füße wehtun. Nichts dergleichen merkt man jetzt. Er kniet vor mir, meine Beine sind weit gespreizt. So hat er vollen Einblick auf das, was er macht. Wahnsinn der Kerl! Ich kann mich nicht zurück halten. Mein Gestöhne wird immer lauter. Ich verlange immer mehr! Mehr! Mehr! Jaa! Jaa! Jetzt spüre ich das Ziehen. Wogen von Wellen nähern sich und schlagen über uns hinüber. Meine Muskeln in der Vagina ziehen sich unkontrolliert zusammen und melken seinen nimmermüden Schwanz. Ach, ist das gut! Auch er ist soweit. Er hält seinen Schwanz mit einer Hand und pumpt seine Ladung heraus – direkt in meine Muschi. Geil!

Michael lässt sich neben mich fallen. Wir schauen uns an und fangen an zu lachen! Das haben wir seit unserer Jugendzeit nicht mehr getan. Sex im offenen Gelände! Das war aufregend! Ich bin froh, dass der Container so abgelegen liegt und um diese Zeit sehr wenige Leute unterwegs sind. Zuschauer hätten uns noch gefehlt. Wir rappeln uns hoch und Michael holt aus seiner Hose ein paar Taschentücher heraus. Vorsichtig trocknet er die Spuren unserer Orgasmen weg und wir ziehen uns an. Ganz zerknirscht erkundigt er sich, wie es mir geht. „Keine Sorge, mir geht's prima! Bei dieser Behandlung!", kichere ich zweideutig: „Wie geht's dir? Was machen deine Füße?" „Die spüre ich gar nicht mehr. Als wir uns hingelegt haben, haben meine Knie getobt. Jetzt gar nicht mehr!", nachdenklich schaut sich Michael um.

Wir klettern hinaus. „Hallo Sue!", ich reagiere vorerst nicht. Dann sehe ich Hardy neben mir. „Oh, hallo Hardy!", ich winke ihm zu und gehe weiter. „Hey, wie geht's dir? Warst du oben im Container?" „Ja, mit meinem Mann Mike!" Michael sieht mich an. „Mike – Hardy.", stelle ich vor. Mir ist es peinlich, Hardy in Gegenwart von Michael zu sehen. Ich weiß ja nicht, was Hardy so anfängt zu plaudern. „Hallo Mike! Sue, eigentlich hoffte ich, dass ich dich heute hier sehen würde. Schade, dass Ihr schon drinnen ward." Das klingt gar nicht gut. Michael geht spürbar auf Abstand.

„Na ja, war schön dich zu sehen!" „Warte mal, können wir uns doch alle drei hineinlegen? Mmh?" Geht's noch?! Mit zornrotem Gesicht starte ich ohne Worte los und Michael folgt mir schweigend.

„Wer war das eben? Warst du im Container mit ihm?", Oje! Jetzt muss ich aufpassen was ich sage: „Ich war unterwegs mit Schmerzen, die so stark waren, dass ich mich nicht von alleine in den Container ziehen konnte. Hardy ist zufällig vorbei gekommen und hat mir geholfen. Ohne etwas zu sagen ist er auch hinein. Zuerst wollte er nur reden. Meine Schmerzen waren da. Ich habe ihm gesagt, dass er Ruhe geben soll. Da hat er sich einfach neben mich gelegt. Dann hat es angefangen und du weißt jetzt ja, wie es abläuft. Danach sind wir unsere Wege gegangen.", soweit die Wahrheit. „Mike?" „Ja, ich heiße auch nicht Sue. Hardy kann ja auch nicht echt sein, oder? Ich dachte, etwas Anonymität könnte nicht schaden."

„Was ist dann passiert?" „Nichts…, nichts… äh, Besonderes.", stottere ich. „Silvia! Wie kann ich das glauben? Du hattest eine starke erotische Ausstrahlung auf mich gehabt! Hast du mich mit ihm betrogen?" „Nein!", noch immer die Wahrheit! „Silvia!", bedrohlich sieht er mich an. Ich kann schlecht etwas verbergen. Dazu kennt er mich schon zu lange. „Na ja, er wollte es. Aber ich habe ihn noch abwehren können!" „Das soll ich glauben?! Nachdem, was ich heute erlebt habe und weiß, wie du dich in letzter Zeit aufführst!?" Vorsichtig nähere ich mich ihm und will ihn an der Hand herunter ziehen, um ihn zu küssen. Aber er wehrt mich unwirsch ab. Das kann jetzt nicht sein: „Glaubst du mir nicht?" Böse starrt er mich an. Schweigend gehen wir nach Hause…